Deseo

EL AMOR Y EL DEBER

CAT SCHIELD

D1225815

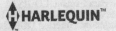

HARLEQUIN™

Editado por Harlequin Ibérica.
Una división de HarperCollins Ibérica, S.A.
Núñez de Balboa, 56
28001 Madrid

© 2015 Catherine Schield
© 2018 Harlequin Ibérica, una división de HarperCollins Ibérica, S.A.
El amor y el deber, n.º 150 - 15.2.18
Título original: A Royal Baby Surprise
Publicada originalmente por Harlequin Enterprises, Ltd.

I.S.B.N.: 978-84-9170-822-3
Depósito legal: M-33525-2017
Impresión en CPI (Barcelona)
Fecha impresion para Argentina: 14.8.18
Distribuidor exclusivo para España: LOGISTA
Distribuidores para México: CODIPLYRSA y Despacho Flores
Distribuidores para Argentina: Interior, DGP, S.A. Alvarado 2118.
Cap. Fed./Buenos Aires y Gran Buenos Aires, VACCARO HNOS.

Capítulo Uno

Por encima del sonido de la brisa que soplaba entre los cedros de las colinas de la isla, Nic Alessandro escuchó las pisadas sobre las baldosas y supo que no estaba solo en la terraza.

—Así que es aquí donde te escondes.

La voz de Brooke Davis era como su vodka favorito: intensa y suave, con un deje sensual. Y se le subía a la cabeza con la misma facilidad.

Con una bien merecida resaca, Nic se sobresaltó ante su inesperada llegada a la isla griega. Pero no podía alegrarse de verla. El futuro que en una ocasión había planeado compartir con ella era imposible. Su hermano mayor, Gabriel, se había casado con una mujer incapaz de tener hijos, lo que significaba que no engendraría varones que heredaran el trono de Sherdana, el país europeo que su familia llevaba gobernando cientos de años. Siendo el siguiente en la línea de sucesión, era obligación de Nic encontrar una esposa que las leyes del país aceptaran como futura madre de la línea dinástica. Brooke era americana y no cumplía los requisitos.

—¿Es esta la cabaña rústica de la que me hablaste? —preguntó—. ¿La que decías que no me iba a gustar porque no tenía agua corriente ni baños?

Nic detectó el nerviosismo que intentaba ocultar con aquel tono burlón. ¿Qué estaba haciendo allí? ¿La habría enviado su hermano Glen para convencerle de que volviera a California? No le cabía en la cabeza que hubiera sido decisión suya ir hasta allí, después de cómo había puesto fin a lo suyo.

–Te imaginaba sufriendo en un tugurio en medio de la nada y, sin embargo, te encuentro disfrutando de una lujosa villa con vistas al puerto más bonito que he visto jamás.

La voz provenía de la zona de la terraza más cercana a la playa, así que debía de haber llegado en barco. No parecía haberle afectado la subida de los ciento cincuenta escalones. Le encantaba hacer ejercicio para mantenerse en forma.

¿En qué había estado pensando para rendirse a la poderosa atracción que le había estado ocultando durante cinco años? No debería haberse dado tanta prisa en asumir que su deber hacia Sherdana había concluido nada más comprometerse Gabriel con lady Olivia Darcy.

–Te estarás preguntando cómo he dado contigo.

Nic abrió los ojos y vio a Brooke paseando por la terraza. Llevaba una blusa blanca de algodón y unos vaqueros cortos desgastados con el bajo deshilachado. El pañuelo gris que llevaba alrededor del cuello era uno de sus favoritos.

Tocaba todo a su paso: el respaldo de la tumbona, el murete que limitaba la terraza, las macetas de barro con sus plantas… Nic sintió envidia de los pétalos fucsia de la buganvilla que estaba acariciando.

A aquella hora de la mañana, el sol daba por el otro lado de la villa, calentando el jardín delantero. De haber sido invierno, habría estado tomando café en el patio lateral, al sol. Pero a finales de julio, prefería la terraza trasera, desde la que se disfrutaba de unas bonitas vistas sobre el pueblo de Kionio, al otro lado del puerto. El viento que soplaba del mar Jónico reducía la humedad, haciendo que aquel fuera el lugar más agradable en el que pasar la mañana.

—Supongo que te manda Glen.

—No, ha sido idea mía venir.

De aquello se deducían dos circunstancias: que no había aceptado el fin de su relación y que Glen no quería que volviera a trabajar en el cohete después de la explosión que había matado a un miembro de su equipo. La explosión se había debido a que el depósito de combustible en el que Nic había estado trabajando no había funcionado bien. Cuando el Griffin había explotado, su sueño de privatizar los viajes al espacio se había evaporado como el humo. Se había ido de California sintiéndose derrotado y, a su regreso a Sherdana, se había encontrado con que tenía que hacer frente a sus obligaciones monárquicas.

—Viniste aquí con él hace dos años en un viaje de fin de semana solo para hombres para celebrar el éxito de una prueba de lanzamiento. Volvió contando unas historias terribles sobre largas caminatas por las montañas. Ahora entiendo que debía de referirse a las caminatas de subida y bajada de las playas con todos esos escalones. Me llegó a dar pena.

Nic se pasó la mano por la barba de tres días para ocultar su sonrisa.

–Ahora me doy cuenta de que estuvisteis como reyes.

Reyes. Aquella palabra acabó con la diversión. ¿La habría usado deliberadamente? ¿Le habría contado Glen todos sus secretos?

–¿Cómo puedes permitirte un sitio así? Siempre estabais buscando inversores. Me da la impresión de que cualquiera que pudiera tener una villa así, podría financiarse un proyecto completo.

Se tranquilizó un poco. Todavía no sabía la verdad. Cuando lo descubriera…

«Díselo, dile quién eres».

Era un buen consejo, pero no estaba dispuesto a seguirlo. Se sentiría desolada cuando descubriera cuánto le había mentido. De todas formas, era cuestión de días que la prensa descubriera que estaba buscando una esposa y pasara de ser un aburrido científico a protagonista de titulares. Enseguida se enteraría de todo y, con un poco de suerte, cuando eso ocurriera, se sentiría agradecida de haber mantenido su breve relación en la más absoluta discreción.

Se creía enamorada de un hombre que no existía, un hombre leal, íntegro y honesto. Eran los valores con los que le habían criado y de los que se había olvidado al abrazar y besar por primera vez a Brooke.

–La casa es mía y de mis hermanos –dijo, deseando que muchas cosas fueran diferentes.

El silencio de Brooke presagiaba la calma que precedía a la tormenta.

–Entiendo.

¿Eso era todo?

–¿Qué entiendes?

–Que tenemos que hablar.

Nic no quería hablar. Lo que quería era tomarla en sus brazos y hacerle el amor hasta acabar exhaustos.

–Ya he dicho todo lo que quería decir.

No debería haber dicho aquello como un desafío. Brooke era muy tenaz cuando se proponía algo.

–No me vengas con esas. Me debes unas respuestas.

–Está bien. ¿Qué quieres saber?

–¿Tienes hermanos?

–Dos. Somos trillizos.

–No me habías hablado de tu familia. ¿Por qué?

–No hay mucho que contar.

–No estoy de acuerdo.

Ella se acercó. Un olor a vainilla y miel lo envolvió, por encima del de los cipreses que traía la suave brisa matutina. Con un dedo le bajó las gafas de sol y lo miró a los ojos, frunciendo el ceño.

Se preparó para soportar un torbellino de emociones mientras sus ojos verdes grisáceos estudiaban su rostro. Debería decirle que se apartara, pero estaba tan contento de verla que no le salían las palabras. En vez de eso, gruñó como un perro malhumorado que no supiera si morder o buscar que lo acariciaran.

–Tienes mal aspecto.

–Estoy bien.

Molesto con aquella voz ronca que le había sali-

7

do, le apartó la mano y volvió a colocarse las gafas de sol en su sitio.

Ella, por otra parte, estaba muy guapa. Su melena pelirroja enmarcaba su rostro ovalado y le caía en cascada por los hombros. Su piel clara e inmaculada, sus hoyuelos y sus mejillas prominentes le aportaban una dulzura por la que cualquier hombre perdería la cabeza. Un rizo le rozó al inclinarse sobre él. Tomó el mechón de pelo entre sus dedos y se puso a jugar con él.

—¿Qué has estado haciendo solo en esta villa tan lujosa? —preguntó ella.

—Estoy trabajando.

—En tu bronceado —dijo ella, y arrugó la nariz—. O tal vez en tu resaca. Tienes los ojos rojos.

—He estado trabajando hasta tarde.

—Sí, ya. Prepararé café. Creo que te vendrá bien.

Sintiéndose a salvo tras sus cristales oscuros, la observó marcharse, cautivado por el suave balanceo de su trasero y sus largas piernas. Una piel suave se extendía por aquellos músculos alargados, resultado del yoga y de correr. El pulso se le aceleró al recordar aquellas piernas torneadas alrededor de sus caderas.

A pesar del fresco de la mañana, sentía calor. Se había despertado una hora antes tan deprimido y distraído como en los últimos días por culpa del accidente que había ocurrido durante la prueba de su prototipo de cohete.

La llegada de Brooke a aquella isla griega tan tranquila era como ser despertado de un sueño inducido por el sonido de una sirena.

—Alguien debería cuidar de ti —dijo a su vuelta después de unos minutos con el café recién hecho—. La cafetera estaba preparada con el agua y el café. Lo único que he tenido que hacer ha sido encenderla.

Nic inspiró. Solo el olor a café era suficiente para animarlo.

Ella se sentó en la tumbona que había al lado de la suya y rodeó la taza con las manos. Luego, tomó un sorbo e hizo una mueca.

—Se me había olvidado lo fuerte que te gusta.

Él gruñó y deseó que el café se enfriara para beberse cuanto antes la taza y servirse una segunda. Nada mejor que una bebida estimulante para enfrentarse a Brooke. Le irritaba lo suficiente como para que la cafeína, unida al hecho de que estuviera a solas con ella, resultara una combinación letal.

—¿Acaso estoy interrumpiendo un fin de semana romántico?

Por suerte, no estaba bebiendo, porque si no el líquido se le habría escapado por la nariz. Tomó con fuerza la taza. Cuando notó que le empezaban a doler las manos, apretó los dientes y aflojó la fuerza.

—Probablemente no —continuó ella al ver que no contestaba—, porque si no, estarías intentando deshacerte de mí.

¿Por qué había tenido que aparecer y pillarle de improviso? Cada vez que la tenía cerca, sentía que la tentación se apoderaba de él. Pero no podía tenerla. No debía saber lo mucho que la deseaba. Apenas había reunido las fuerzas para romper con ella un mes antes. Pero a solas en aquella isla, con los ojos pendientes de cada uno de sus movimientos, ¿podría mantener la fuerza de voluntad?

Se hizo el silencio entre ellos. Nic oyó el crujido de la madera cuando Brooke volvió a sentarse en la tumbona. Apoyó la taza vacía en su pecho y volvió a cerrar los ojos. Tenerla allí le proporcionaba una sensación de paz que no tenía derecho a sentir. Deseaba alargar la mano y entrelazar sus dedos con los suyos, pero no se atrevió a hacerlo.

—Entiendo por qué tus hermanos y tú comprasteis esta casa. Podría quedarme días aquí sentada contemplando el paisaje.

Nic resopló suavemente. Brooke nunca había sido de sentarse y contemplar nada. Era un torbellino de energía y entusiasmo.

—No puedo creer lo azul que es el agua. Y el pueblo es muy pintoresco. Estoy deseando hacer turismo.

¿Turismo? Tenía que pensar la manera de meterla en un avión de vuelta a América antes de que sucumbiera a la tentación. Teniendo en cuenta su tendencia a dejarse llevar por las emociones, razonar con ella no daría ningún resultado. Las amenazas tampoco funcionarían. La mejor manera de tratar a Brooke era dejar que se saliera con la suya, pero no podía permitirlo en esa ocasión. O, más bien, nunca.

Cuando por fin Brooke rompió el silencio, el titubeo de su voz reveló preocupación.

—¿Cuándo vas a volver?

—No voy a volver.

10

–No puedes estar hablando en serio –dijo, y al ver que no decía nada, continuó–. Así que hablas en serio. ¿Qué pasa con Griffin? ¿Y el equipo? No puedes abandonarlo todo.

–Alguien murió por un defecto en el sistema que yo diseñé y…

Ella lo tomó del brazo.

–Glen fue el que insistió en hacer la prueba. No te hizo caso cuando le dijiste que no estaba listo. Es a él al que hay que culpar.

–Walter murió. Fue culpa mía.

–¿Eso es todo? ¿Te das por vencido porque algo salió mal? ¿Esperas que acepte que tires por la borda toda una vida de trabajo? ¿Para hacer qué?

No tenía respuesta. ¿Qué otra cosa iba a hacer en Sherdana que no fuera casarse y concebir un heredero? No tenía ningún interés en colaborar en el gobierno del país. Esa era tarea de Gabriel. Y su otro hermano, Christian, tenía negocios e inversiones de las que ocuparse. Todo lo que Nic quería hacer era construir cohetes que pudieran llevar algún día gente al espacio. Sin esa posibilidad, se le presentaba una vida vacía y llena de resentimiento.

–Aquí pasa algo más –dijo apretándole el brazo–. No insultes mi inteligencia negándolo.

Nic le dio unas palmadas en la mano.

–Nunca haría eso, doctora Davis.

Una mujer menos inteligente que ella no lo hubiera cautivado de aquella manera por muy guapa que hubiera sido. El atractivo de Brooke, combinado con su cerebro, resultaba arrasador.

–Por cierto, ¿cuántos doctorados tienes?

–Solo dos –contestó ella, apartando su mano–. Y no cambies de tema.

A pesar de su enfado, no pudo contener un bostezo que casi le dislocó la mandíbula.

–Estás cansada.

Corría el riesgo de alentarla al preocuparse por ella, pero no pudo evitarlo.

–Llevo desde ayer subida a aviones. ¿Sabes cuánto se tarda en venir hasta aquí? Unas veinte horas. Y no he podido dormir durante el viaje.

–¿Por qué?

Una inspiración profunda empujó sus pequeños pechos contra la blusa de algodón blanca.

–Porque estaba preocupada por ti.

Aquella respuesta era un pretexto. Ocupaba el cuarto lugar en su lista de excusas de por qué había recorrido casi diez mil kilómetros para hablar con él en persona en vez de darle la noticia por teléfono.

Pero no estaba preparada para decirle nada más llegar que estaba embarazada de ocho semanas.

Tenía muchas preguntas que hacerle acerca de por qué había roto su relación cuatro semanas atrás. No había podido hacérselas antes porque el dolor le había impedido asumir por qué la había dejado cuando todo entre ellos iba tan bien. Después, había ocurrido el terrible accidente con el Griffin. Nic se había marchado de California y no había podido hablar con él.

–No necesito que te preocupes por mí.

–Por supuesto que no –replicó tratando de sonar indiferente–. Y eso que pareces un animal atropellado.

–Curiosa imagen –dijo él con tono divertido, a pesar de que mantuvo su expresión inalterada.

Brooke reparó en su aspecto desaliñado y en las bolsas debajo de sus ojos, carentes de vitalidad. La sombra de la barba le hizo preguntarse cuánto tiempo hacía que no se afeitaba. Ni siquiera en las épocas de duro trabajo había visto sus ojos dorados tan apagados. Parecía estar muerto en vida.

–Brooke, de verdad, ¿por qué has venido aquí?

La excusa que tenía preparada no salió de sus labios. Creería que había ido hasta allí para convencerlo de que siguiera trabajando en el proyecto. Sería más seguro discutir en nombre de su hermano. Pero con respecto a Nic, nunca había ido sobre seguro en cinco años. Se merecía saber la verdad, así que eligió la tercera razón de su lista de por qué había ido a buscarlo.

–Te fuiste sin decir adiós. Al ver que no contestabas mis llamadas ni mis correos electrónicos, decidí ir en tu busca –dijo, y tomó aire antes de meterse en terreno más peligroso–. Quiero saber la verdadera razón por la que pusiste fin a lo nuestro.

Nic se pasó la mano por su pelo oscuro y revuelto, señal de que se sentía molesto.

–Te dije que…

–Que te distraía mucho –dijo, y se quedó mirándolo–. Y que no te dejaba trabajar.

Nic era su polo opuesto. Siempre serio, nunca se relajaba ni disfrutaba. Ella se había tomado su seriedad como un desafío. Después de años de continuo flirteo, había descubierto que carecía del autocontrol del que presumía.

Durante cinco meses, había dejado de trabajar durante los fines de semana en los que ella iba a verlo para dedicarle todo su tiempo. Esa atención había sido adictiva. Brooke nunca se había imaginado que Nic se despertaría una mañana y recuperaría su adicción al trabajo.

—No lo entiendo. Estábamos muy a gusto juntos. Éramos felices.

Nic apretó los labios.

—Fue divertido. Pero tú estabas totalmente entregada y yo no.

Brooke se mordió el labio y se quedó en silencio, pensativa.

—¿Rompiste conmigo porque te dije que te quería?

En aquel momento, no le había importado confesarle sus sentimientos. Después de todo, estaba convencida de que después de cinco años, tenía que saber lo que sentía por él.

—¿Alguna vez tuviste intención de darle una oportunidad a lo nuestro?

—Pensé que era preferible ponerle fin antes que dejar que se alargara. Me equivoqué al permitir que todo se complicara.

—¿Por qué no me lo dijiste antes?

—Me parecía más sencillo que creyeras que le daba prioridad al trabajo en vez de a ti.

—En vez de ser sincero y admitir que no era tu mujer ideal.

No era así como esperaba que fuera la conversación. Siempre había creído que Nic estaba a gusto en su relación. Habían sido amigos y sabía que le gustaba dedicar todo su tiempo al proyecto Griffin. Eso le había llevado a pensar que le importaba. ¿Cómo podía haber estado tan equivocada?

Aquella paradójica situación hacía que sus pensamientos vagasen de acá para allá. Normalmente era impulsiva, pero estando embarazada, sus actos no solo le afectaban a ella. Necesitaba tomarse tiempo para decidir cómo darle la noticia a Nic.

—Supongo que me he dejado llevar de nuevo por mi optimismo —dijo dulcificando el tono para contener el dolor de su pecho.

—Brooke…

—No —dijo levantando las manos para impedir que continuara hablando—. Dejemos de hablar de esto y enséñame esta casa palaciega.

—No es palaciega —dijo frunciendo el ceño.

—Lo es para una chica que creció en una casa de poco más de cien metros cuadrados y tres dormitorios.

Nic gruñó a modo de respuesta. Se levantó y le hizo un gesto para que lo precediera. Antes de entrar en la casa, Brooke se quitó las sandalias. El frescor del suelo era un alivio para sus pies cansados. Al pasar a su lado, lo rozó y sintió que le ardía la piel allí donde su brazo le había tocado.

—Esto es un espacio combinado de cocina, comedor y cuarto de estar —dijo, asumiendo el papel de guía que empleaba cuando se reunía con posibles inversores para el proyecto Griffin.

Brooke reparó en la pintura abstracta de colores rojo, amarillo, azul y verde que ocupaba la pared de detrás de los sofás blancos. A su izquierda, en la cocina en forma de L, había una gran mesa de cristal con ocho sillas negras, en contraste con los armarios blancos y los electrodomésticos de acero inoxidable. Aquella estancia transmitía un ambiente relajado.

–Los muebles y las paredes blancas me resultan demasiado austeros, pero quedan muy bien con los cuadros. Son maravillosos. ¿De quién son?

–De mi hermana.

¿También tenía una hermana?

–Me gustaría conocerla.

Incluso al decir aquellas palabras, Brooke sabía que eso nunca pasaría. Nic le había dejado bien claro que no la quería en su vida. En los próximos días tenía que decidir por qué había ido hasta allí. Necesitaba de su ayuda para determinar cómo sería el resto de su vida.

–¿Sabía Glen de tu familia?

–Sí.

Aquello le dolió. Los dos hombres siempre habían estado muy unidos, pero nunca se había imaginado que Glen le ocultara secretos.

–Háblame de tus hermanos.

–Somos trillizos. Yo soy el mediano.

–Dos hermanos y una hermana –murmuró Brooke.

¿Quién era Nic Alessandro? En aquel momento no se parecía al científico que conocía desde hacía años. Aunque un poco arrugados, el pantalón corto caqui y la camisa blanca lo hacían parecer recién sacado de un anuncio de Armani. De hecho, sus estilosas gafas de sol y su elegante ropa lo transformaban en el típico playboy europeo.

–¿Hay alguien más? –preguntó y, a pesar de su esfuerzo por parecer neutral, se percibía cierto soniquete en su voz–. ¿Una esposa, tal vez?

–No, no estoy casado.

Brooke casi sonrió al oír su tono apagado. En otra época, había disfrutado tomándole el pelo, y no le resultaría difícil volver a hacerlo. Por desgracia, después de aquel primer beso, se había adentrado en una zona donde corría el riesgo de acabar herida y con el corazón roto.

–¿Quién cuida de todo esto cuando no estás aquí?

La única manera de no dejarse vencer por la tristeza era mantener aquella conversación superficial.

–Una mujer del pueblo se ocupa. Viene una vez a la semana a limpiar y más a menudo cuando estamos aquí. También cocina para nosotros y su marido se encarga de los jardines y del barco, y de los arreglos que haya que hacer en la casa.

Brooke se volvió para mirar hacia la terraza, con su mesa de madera y sus sillas de lona. Tres escalones bajaban a otra terraza en la que había tumbonas.

–¿Qué hay arriba?

Nic se detuvo en mitad de la sala de estar, con los brazos cruzados.

–Habitaciones.

–¿Puedo usar alguna?

–En el pueblo hay hoteles con mucho encanto.

–¿Me estás echando?

Vio un brillo en sus ojos que le devolvió la esperanza. Quizá fuera a darle la explicación completa de por qué había roto su relación.

–No puedes ser tan cruel como para mandarme a buscar un hotel teniendo tanto sitio como tienes aquí.

–Te enseñaré dónde puedes ducharte y descansar hasta que vuelvas a casa.

Aunque le dolía que estuviera deseando deshacerse de ella, ya desde que se marchó de California tenía la sospecha de que no le daría una cálida bienvenida.

–Entonces, ¿puedo quedarme?

–De momento sí.

En silencio, cruzó las puertas correderas de cristal y salió detrás de él a la terraza. Nic se dirigió directamente a la bolsa de lona que ella había dejado junto a los escalones que bajaban a la playa.

–No me canso de lo bonito que es esto.

–La mayoría de la gente conoce más las islas del Egeo –dijo, recogiendo la bolsa–. Mykonos, Santorini, Rodas.

–Supongo que allí hay más turistas.

–Bastantes más. Kionio atrae a muchos navegantes en verano, así como a gente a la que le gusta el montañismo y disfrutar de la tranquilidad de la isla, pero no está masificado. Vamos, el pabellón de invitados está por aquí.

La guio por la terraza hasta un edificio separado.

—Deberías llevarme a hacer turismo.

—No. Vas a descansar y luego buscaremos un vuelo de vuelta.

Brooke puso los ojos en blanco y decidió aceptar el hecho de que estaba empeñado en deshacerse de ella.

—Tengo billete de vuelta para dentro de una semana.

—¿No tienes que prepararte las clases para tus alumnos de Berkeley?

—Todavía no me han dado el puesto.

Aunque Brooke tenía un cargo en la Universidad de Santa Cruz, su sueño desde que empezó a estudiar era dar clases de cultura italiana en Berkeley. Pero en su segundo año de carrera, comenzó su relación con Nic. Enseguida la distancia entre San Francisco y el desierto de Mojave convirtió en un impedimento para su vida con Nic.

Él le dirigió una mirada interrogante y ella se encogió de hombros.

—Volvieron a posponer la entrevista.

—¿Hasta cuándo?

—Hasta dentro de unas semanas.

Lo cierto era que no sabía cuándo sería. Había habido algunos problemas de agenda con el jefe de departamento. En los últimos meses, ya había cancelado dos reuniones con ella. El hecho de no saber cuántas personas más aspiraban al puesto había empezado a minarle la confianza. Poca gente había que tuviera sus credenciales en investigación, pero muchos la superaban en experiencia como docentes.

Y antes de que Nic rompiera con ella, había empezado a pensar que debía mudarse para estar más cerca de donde él vivía y trabajaba. No le era suficiente verlo solo los fines de semana. Así que había hecho una entrevista para UCLA y le habían ofrecido un puesto como profesora a partir de otoño. El fin de semana que Nic había ido a San Francisco para romper su relación, ella se había estado preparando para una conversación completamente diferente: iba a decirle que se mudaba a Los Ángeles. Pero se le había anticipado y había decidido volver a solicitar trabajo en Berkeley.

—¿Estás segura? —preguntó Nic—. Es julio. No puedo creer que todavía no hayan tomado una decisión.

Lo miró frunciendo el ceño y sintió mariposas en el estómago al darse cuenta del riesgo que había corrido yendo hasta allí en vez de quedarse en California a la espera de una llamada.

—Sí, estoy segura.

—Porque no me lo perdonaría si perdieras el trabajo de tus sueños por quedarte aquí con la esperanza de que cambie de opinión con respecto a nosotros.

¿Se había equivocado al ver su reacción al llegar? ¿Tanto deseaba que se alegrara de verla que se había imagino aquel brillo en sus ojos? No sería la primera vez que sacaba una conclusión equivocada con respecto a un hombre. Y Nic era todo un maestro en el arte de ocultar sus emociones.

—No te preocupes del trabajo de mis sueños. Allí seguirá cuando vuelva.

Eso esperaba.

Al llegar al pequeño pabellón de invitados, Nic abrió la puerta de un empujón y dejó su equipaje dentro.

–Hay un baño privado y unas vistas fantásticas de Kionio. Aquí estarás cómoda –dijo en tono neutral–. Relájate y duerme. Cuando te levantes, el desayuno estará listo.

–No tengo hambre y, por muy cansada que esté, sabes que no puedo dormir por el día. ¿Por qué no vamos al pueblo y me lo enseñas?

–Deberías descansar.

Por su tono sabía que no debía discutir. El muro que había levantado entre ellos la entristecía. Quería echarlo abajo con besos y abrazos, y hacerle cambiar de opinión respecto a la ruptura. Pero con una escena sentimental solo conseguiría que se replegara. Necesitaba apelar a la lógica.

–He recorrido un largo camino para encontrarte y que hablemos.

–Luego.

Asintió, decidida a no impacientarlo más. Quería que estuviera tranquilo cuando le diera la noticia.

Una vez a solas, Brooke se dio una rápida ducha y se puso un vestido fresco de algodón con estampado tribal. Luego, se recogió el pelo en una trenza. La última vez que habían hecho el amor, se había mostrado muy interesado en revolverle su larga melena rizada. Tenía que dar una imagen comedida y no seductora. Por desgracia, el espejo le devolvía la imagen de una mujer enamorada, con mirada despierta y ligeramente perdida y mejillas sonrosadas. Dudaba mucho que aquello fuera a ir bien con Nic. Después de lo que le había dicho sobre sus motivos para la ruptura, estaba segura de que no se alegraría cuando se enterara de su embarazo.

No había pensado qué hacer después de que le diera la noticia. ¿Y si no quería volver a saber nada de ella? Le había dicho que no estaba dispuesto a volver a California. ¿Cambiaría de idea cuando supiera que iba a ser padre?

Brooke se puso las sandalias, pero se detuvo antes de salir de la habitación. Después de contarle a Nic lo de su entrevista para Berkeley, se había dado cuenta de que no había comprobado sus mensajes desde que salió de San Francisco. Sacó el móvil y vio que tenía media docena de llamadas perdidas y se impacientó.

El corazón se encogió al escuchar los mensajes. La entrevista para Berkeley había sido fijada tres días más tarde, a las diez de la mañana. Aquello reducía el tiempo que tenía para contarle a Nic que estaba embarazada y decidir cómo sería su relación en el futuro.

Brooke respiró hondo varias veces para aliviar la tensión que sentía en el pecho. Todo saldría bien. Por alguna razón, siempre era así.

Esbozó una amplia sonrisa y atravesó la terraza. Pero antes de entrar en el cuarto de estar de la casa principal, supo por aquel silencio sepulcral que algo no iba bien. Un rápido vistazo le confirmó sus sospechas, en especial la ausencia del coche en el camino de acceso.

Nic se había ido.

Capítulo Dos

Cuando Brooke apareció en Kionio, el pueblo que se extendía desde el puerto hasta las colinas rocosas de Ítaca, Nic había pasado del café a la cerveza. Bajo la sombra del toldo blanco de la taberna, con los ojos entornados para protegerse de la fuerte luz del sol, observó cómo su barco de diez metros de eslora atracaba en el muelle. Tres griegos, todos ellos sonrientes y dispuestos, atendían a Brooke en cubierta. Aunque la distancia le impedía oír la conversación, por los gestos de ella y las sonrisas de ellos, supuso que estaría charlando y haciendo lo que mejor se le daba: encandilar a todo aquel con el que se relacionaba.

—Hoy no está bebiendo tan deprisa.

Nic dirigió su atención a la atractiva camarera morena de ojos oscuros. Natasa le había servido todos los días menos uno de los diez que llevaba en la isla.

—Hoy no tengo sed.

Desde que llegó a Ítaca, Nic se había dejado llevar por el aburrimiento y la cerveza. La combinación resultaba perfecta para mantener sus demonios a raya. Se había dado una semana para aceptar sus fracasos y asumir su destino. Pero todo se estaba precipitando y no podía controlarlo.

Natasa lo miró y puso un brazo en jarras.

—Quizá le venga bien algo de compañía.

Nic no la había visto flirteando con ningún hombre en la taberna, solo con él. Suponía que sabía quién era y por eso su ofrecimiento. Sintió un nudo en el estómago. Se había acostumbrado a pasar desapercibido en Estados Unidos y a que lo trataran como a una persona más.

—Salgo de trabajar en dos horas —continuó ella—. Si quiere, podemos quedar.

Natasa le había hecho una proposición similar la noche anterior, a la hora del cierre. Nic estaba ligeramente bebido, pero no tanto como para llevarse a la cama a aquella mujer, por muy atractiva que fuera. Sus días de soltero despreocupado habían terminado un mes antes, con la boda de Gabriel. Dentro de poco, cualquier mujer a la que se parara a mirar dos veces, se convertiría en protagonista de los titulares de la prensa.

Su vida resultaba más sencilla en América que en Europa. En California era un científico anónimo que trabajaba en el desarrollo de un cohete. Sin embargo, a este lado del Atlántico, era el príncipe Nicolás, segundo en la línea de sucesión al trono de Sherdana. Esquivar a periodistas y fotógrafos formaba parte de su día a día y, por eso, sus hermanos y él habían elegido Ítaca como refugio.

De todas formas, Nic sabía que su anonimato en aquella tranquila isla era tan solo aparente. Tanto sus hermanos como él mantenían la discreción y los lugareños amablemente fingían que la familia real de Sherdana era una más.

–Me temo que ya tengo compañía –dijo Nic, señalando con la cabeza hacia el puerto.

Cuando el barco estuvo amarrado, tres manos bronceadas ofrecieron su ayuda a Brooke para bajar al muelle. Ella dudó unos segundos antes de aceptar las manos de los dos hombres que tenía más cerca y dedicarle una sonrisa al tercero.

Natasa hizo visera con la mano y miró en la misma dirección que Nic.

–¿No es ese su barco? –preguntó entornando los ojos.

–Sí.

–¿Y la chica?

–Va a quedarse conmigo unos días.

Hasta que las palabras no escaparon de sus labios no se había dado cuenta de que había cambiado de opinión con respecto a meterla en un avión de vuelta a casa en cuanto fuera posible. Era un error acogerla, pero en aquel momento, lo que necesitaba era su compañía, tenerla cerca.

Natasa sacudió la cabeza. Luego, sin mediar palabra, se dio la vuelta para marcharse. Nic la apartó de su cabeza. Había ido a Ítaca a reflexionar sobre su futuro, no a meterse en la cama de una de sus vecinas. Le gustaba estar solo. ¿Por qué la gente no lo entendía y lo dejaba en paz?

Nic se dio de frente con la realidad. En breve dejaría de estar solo. La vuelta a Sherdana no solo conllevaría la vuelta al deber, sino la pérdida total de su privacidad y tranquilidad. Las largas y solitarias horas en su taller pasarían a formar parte del pasado. Su padre y sus hermanos se asegurarían de que tuviera la agenda llena de reuniones, discursos y apariciones públicas. Había estado ausente durante diez años, cinco estudiando y otros cinco trabajando con Glen en el proyecto Griffin.

Ahora que volvía a casa para quedarse, su familia esperaría de él que se involucrara en los asuntos políticos, económicos y medioambientales del país. Estaría rodeado de consejeros, participaría en la toma de decisiones y le pedirían su consejo.

Las galas y las cenas de estado con mandatarios extranjeros sustituirían a los partidos de baloncesto y las barbacoas con el equipo de especialistas que trabajaban en el proyecto Griffin. Después, vendría la elección de esposa. Una vez que su madre acotara el número de candidatas, Nic tendría que elegir con quién pasar el resto de su vida. Y no podría demorarse en su elección porque había que asegurar la sucesión con el nacimiento de un heredero.

La carga de lo que tenía por delante era muy pesada. ¿Tan extraño era que hubiera ocultado a Brooke su verdadera identidad durante años? Le habría gustado seguir fingiendo que era un hombre normal en vez de un príncipe arriesgándose a hacer algo equivocado con la mujer adecuada. Claro que ella nunca se apartaría de su camino hasta que no supiera la verdad de su historia.

Nic siguió con la mirada a Brooke mientras recorría el puerto, que tenía forma de herradura. Se había puesto un vestido en tonos tierra y lo había complementado con pulseras y una cadena con el símbolo de la paz. Llevaba la melena pelirroja recogida a un lado en una trenza sobre su hombro izquierdo. La brisa agitaba suavemente los mechones que habían quedado sueltos. Las gaviotas graznaban a su paso, pero ella permanecía ajena, más pendiente de lo que ocurría en el muelle. El bajo del vestido acariciaba sus pantorrillas al caminar. Los tirantes eran demasiado finos como para ocultar un sujetador, así que sabía que, al menos en parte, estaba desnuda debajo de aquel vestido. Mientras se entretenía pensando si llevaría alguna prenda debajo, sintió de nuevo aquel martilleo en la cabeza, a pesar de la pastilla que se había tomado un rato antes.

Se acercaba a la taberna, pero no estaba seguro de si lo habría visto ya. Había ocho restaurantes junto al agua y aquel en particular era su favorito. Conocía muy bien el menú y sabía lo que era más recomendable. Los camareros siempre estaban pendientes de que no le faltara cerveza fría mientras disfrutaba del paisaje azul del puerto, muy diferente a los tonos rojizos del desierto de California en el que había estado viviendo varios años.

Enseguida salió de dudas al ver a Brooke pasando entre las mesas, dirigiéndose directamente hacia él.

—¿Cómo has conseguido las llaves del barco? —le preguntó mientras ella dejaba su bolso de lona sobre la mesa y se sentaba.

—Elena apareció al poco de que te fueras. Me preparó el desayuno y me dijo dónde encontrarlas. Es muy agradable y dice cosas muy amables de ti. Creo que eres su trillizo favorito.

Nic se preguntó qué más le habría contado Elena. ¿Le habría revelado el ama de llaves su secreto?

–Lo dudo mucho. Siempre ha tenido preferencia por Christian. Es el pequeño y el que todas las mujeres adoran.

–¿Por qué?

–Porque no es tan serio como Gabriel y yo.

–¿A qué se dedica?

–Compra empresas, las divide y las vende.

–¿Y Gabriel?

–Se ocupa de los negocios familiares.

Lo cual no era del todo mentira.

–Y tu hermana pinta.

–Se llama Ariana.

–Tú construyes cohetes. Parece que todos tenéis éxito.

No todos. Con el reciente fracaso de su proyecto, no se sentía especialmente exitoso en aquel momento.

–Espero que no te importe que haya usado tu ordenador para imprimir unos formularios que tenía que firmar –añadió Brooke.

Aunque estuvieran de vacaciones, los trillizos Alessandro siempre tenían algún asunto del que ocuparse, por lo que les venía bien tener un ordenador con escáner e impresora a mano.

–¿Has sabido encenderlo?

A pesar de lo brillante que era para aprender idiomas o estudiar literatura italiana, Brooke era un desastre con la tecnología. Había escrito prácticamente a mano toda su primera tesis hasta que Nic la había llevado a comprar un ordenador. Luego, había dedicado todo un fin de semana a enseñarle a usar el procesador de textos.

—Ja, ja, no soy tan inútil como te piensas.

—Esa no es respuesta.

Brooke hizo una mueca.

—Tenías unos cuarenta mensajes de los miembros del equipo sin abrir. ¿Por qué no los has abierto?

Nic desvió la mirada hacia el puerto y se quedó atento a un velero que llegaba.

—Como ya te he dicho antes, he dejado el proyecto.

—¿Cómo puedes dejar atrás a tu equipo y todo el esfuerzo que han puesto en el proyecto?

¿Por qué no lo entendía? Aunque no hubiera tenido que volver a Sherdana, Nic no habría podido olvidar que su diseño defectuoso había hecho estallar el cohete y había provocado la muerte de un hombre. Además, Glen era el alma del proyecto. Podía seguir adelante sin Nic.

—Glen encontrará a un nuevo ingeniero —dijo Nic—, y podrán seguir adelante.

El accidente del cohete había acelerado lo inevitable. Nic sabía que no podía quedarse en California para siempre. Era una cuestión de tiempo que la responsabilidad hacia su país lo obligara a volver a casa.

—Pero tú ideaste un nuevo sistema de combustión.

Aquello había resultado ser un completo desastre.

—Tienen mis notas.

—Pero…

–Déjalo ya.

Aunque lo dijo en voz baja, la fuerza de sus palabras la silenciaron y el ambiente se volvió incómodo.

–¿Tienes hambre? Si te gustan las berenjenas, la *musaka* está muy buena.

Ella apretó los labios, señal de que quería seguir discutiendo.

–Entonces, ¿qué vas a hacer?

–Mi familia está pasando por un momento difícil. Me vuelvo a casa.

–¿Durante cuánto tiempo?

–Para siempre.

–Vaya.

Una semana antes, se había ido de California nada más concluir la investigación sobre el accidente. No había hablado con ella antes de subirse al avión. En aquel momento, sus emociones estaban a flor de piel y no había sabido cómo despedirse.

–Me gustaría hacerte comprender, pero no puedo.

–Tienes miedo.

Nic miró a Brooke. Su capacidad para leerle la mente siempre le había hecho mostrarse cauteloso. Quizá fuera un error contarle la verdad. Desvelarle aquella parte de su vida implicaría que sus lazos con ella se estrecharían y le sería más difícil mantener las distancias.

–Sí, de herir a más personas.

Seguramente pensaría que se refería a cualquier otro científico como Walter Parry, el hombre que había muerto. Pero Nic estaba pensando en su familia, en Glen y, sobre todo, en ella. Al anunciarse el compromiso de Gabriel, Nic había pensado que sus obligaciones hacia Sherdana se reducirían. Gabriel y Olivia se casarían y engendrarían al futuro monarca, a quien criarían con las hijas gemelas de dos años de Gabriel, Bethany y Karina, que se habían ido a vivir con él después de la muerte de su madre unos meses atrás. Pero eran ilegítimas y las únicas hijas que Gabriel tendría.

La infertilidad de lady Olivia y la decisión de Gabriel de convertirla en su esposa implicaban que Nic y Christian ya no eran libres para casarse con quien quisieran. Y, en el caso de Christian, de seguir disfrutando de su vida de playboy.

Nic maldijo las circunstancias que habían alterado su vida y que lo habían arrastrado a un mundo en el que no tenía cabida Brooke. Si hubiera sido simplemente un científico, no tendría que resistirse al deseo que veía en sus ojos. Nic apartó aquel pensamiento traicionero. Era inútil perder el tiempo pensando en lo que podía haber sido.

—No puedo creer que vayas a renunciar a todo —dijo ella—. Mi hermano y tú estabais entusiasmados con el futuro y con la idea de conseguir algún descubrimiento. Siempre te ha gustado ser científico.

—Sí, pero…

En las tres semanas que habían transcurrido desde que el cohete explotó, había perdido la confianza en su capacidad, pero seguía sintiendo la misma pasión. Aquellas fuerzas opuestas estaban acabando con él lentamente.

—¿Qué vas a hacer cuando vuelvas a casa?

–Mis hermanos quieren atraer compañías tecnológicas a nuestro país. Quieren que sea su asesor.

Trató de insuflar entusiasmo a su voz, pero fracasó. Aunque estaba de acuerdo con Gabriel en que la economía de Sherdana se beneficiaría de esa clase de negocios, no le entusiasmaba su papel en todo aquel proceso. Llevaba toda la vida implicado en la creación y desarrollo de tecnologías que fueran aplicables en un futuro. La idea de desarrollar ideas de otra persona lo deprimía.

–Así que, ¿no vas a volver nunca más a California?

–No.

–Si esto es por lo del cohete…

–No, no tiene nada que ver con eso.

–Entonces, no entiendo qué te pasa –dijo perpleja a la vez que preocupada–. Tú no sueles darte por vencido tan fácilmente.

Nic era consciente de que Brooke se merecía una explicación, pero en cuanto supiera el secreto que le había estado ocultando durante todos aquellos años, iba a ponerse furiosa.

–Hay una cosa que no sabes de mí.

–Supongo que más de una cosa.

–Es complicado –replicó él, ignorando su ironía.

–No te preocupes. Tengo dos doctorados. Soy capaz de entender cosas complicadas.

–Está bien. No soy un científico normal –dijo él bajando la voz, deseando haber tenido aquella conversación en la villa–. Soy el príncipe Nicolás Alessandro, segundo en la línea de sucesión al trono de Sherdana.

–¿Un príncipe? ¿Un príncipe de verdad? –preguntó Brooke, sacudiendo la cabeza como si le costara aceptarlo–. No lo entiendo. Pareces tan americano como yo.

–Fui a la universidad en Boston –dijo, y se echó hacia delante, contento de que hubiera una mesa entre ellos–. Pero soy de Sherdana, un pequeño reino entre Francia e Italia.

Deseaba abrazarla y besarla para apaciguar su desconcierto. Pero eso era algo que nunca más podría hacer.

–¿Cómo de pequeño?

–Apenas llega a dos mil kilómetros cuadrados, con una población de poco más de cuatrocientos mil habitantes. Somos conocidos por nuestros…

–Vinos –lo interrumpió–. Ahora sé por qué me resulta tan familiar ese país. En una de las últimas fiestas, Glen tenía vino de Sherdana.

Nic no tenía buen recuerdo de aquella noche.

–Fue su manera de mandarme un mensaje. Quería que te contara la verdad.

Se quedó mirando a Nic, consternada.

–Eres un imbécil. Hace cinco años que te conozco. ¿Por qué no me lo has contado en todo este tiempo? ¿Qué pensabas que iba a hacer, correr a la prensa para contárselo? Pensé que éramos amigos. ¿Por qué no me lo dijiste?

Nic decidió no interrumpirla hasta que soltara todo lo que llevaba dentro. Bajo el tono irritado de su voz, era evidente que se le había roto el corazón.

–He ocultado mi identidad durante muchos años. Es una costumbre difícil de romper.

–¿Cuánto hace que lo sabe mi hermano? Seguramente desde que os conocisteis. Estáis tan unidos como si fuerais hermanos –dijo cerrando los ojos–. Imagínate cómo me siento, Nic. Me has estado mintiendo desde que nos conocimos.

–Glen me dijo que…

–¿Glen? –repitió con furia–. Seguro que mi hermano no te dijo que me mintieras.

–Me dijo que no dejarías de darle vueltas si te enterabas.

–¿Me tomas el pelo? ¿Temías que me encaprichara de ti si sabía que eras un príncipe? ¿Tan mala opinión tienes de mí?

–No, no es eso lo que…

–Vine buscando a Nic, el científico –le recordó–. Ese es el hombre al que pensaba que conocía y del que me había…

–Brooke, déjalo.

– …enamorado.

Nic sintió un fuerte dolor en el pecho.

–Maldita sea, no era eso lo que pretendía.

Era la mayor mentira que había contado nunca.

–¿Cuándo lo decidiste, antes o después de que nos acostáramos?

–¿Tienes idea de lo irresistible que eres? –dijo, confiando en distraerla.

–¿Se supone que así me voy a sentir mejor?

–Eso explica por qué decidí empezar una relación contigo hace seis meses después de llevar cinco años resistiendo la atracción que había entre nosotros.

–¿Por qué lo hiciste? –preguntó frunciendo el ceño–. Lo que hubo entre nosotros fue increíble.

–Tuvimos esta misma conversación hace un mes. Pensé que te lo había dejado claro.

–Hace un mes me dijiste que el trabajo era lo más importante de tu vida. Ahora descubro que nunca sentiste nada por mí y que no quisiste darme falsas esperanzas. Siempre he sido de la opinión de que una mujer debe dejarse guiar por los hechos de un hombre y no por sus palabras, y tú parecías un hombre muy feliz cuando estábamos juntos.

–Fui feliz, pero me equivoqué al darte la impresión de que podía ofrecerte un futuro.

–¿Porque no te importaba?

–Porque iba a tener que volver a mi país.

Brooke frunció el ceño.

–¿Pensabas que no me iría contigo?

–Tu vida está en California. Allí están tu familia, tus amigos, tu carrera…

–Así que en vez de preguntarme lo que quería, tomaste la decisión por mí.

–No podía pedírtelo –replicó, sintiéndose tan frustrado como ella–. Hace un mes, mi hermano mayor tomó una decisión que no solo afecta a mi vida, sino al futuro de Sherdana.

–¿Qué clase de decisión?

–Casarse con una mujer que no puede tener hijos.

Brooke se quedó mirándolo fijamente durante largos segundos antes de hablar.

–Eso es muy triste, pero ¿qué tiene que ver contigo?

–Ahora tengo que casarme y prolongar la estirpe real de los Alessandro.

–¿Vas a casarte?

Brooke se recostó en su asiento y dejó caer los brazos sobre su regazo.

–Sí, para poder engendrar un heredero legítimo. Soy el segundo en la línea de sucesión al trono. Es mi deber.

Nunca la había visto tan aturdida. Siempre tenía una respuesta para todo. Su cabeza lo procesaba todo a una velocidad sorprendente.

–¿Y tu hermano pequeño no puede hacerlo?

La sonrisa de Nic no sirvió para disimular su desagrado.

–Estoy convencido de que mi madre va a tratar por todos los medios de que ambos nos casemos antes de que acabe el año.

–Es una verdad mundialmente reconocida que un hombre soltero, poseedor de una gran fortuna, necesita una esposa –dijo, citando el comienzo de una novela de Jane Austen, y se quedó mirando el letrero de la taberna como si allí se encontrasen las respuestas a los grandes interrogantes de la vida–. Y no hay duda alguna de que yo no soy la que buscas.

–No es tan simple –objetó, y sujetó con fuerza la cerveza para no ofrecerle su consuelo–. Para que mi hijo pueda heredar el trono de Sherdana algún día, la Constitución de mi país establece que su madre debe haber nacido en Sherdana o ser miembro de la aristocracia europea.

–Y yo soy simplemente una chica de California con dos doctorados –afirmó, y sus labios temblaron al intentar esbozar una sonrisa–. Lo entiendo.

Capítulo Tres

Bajo la vid que cubría la pérgola de la taberna, el calor de la tarde estaba haciendo mella en Brooke. Algo aturdida y ligeramente indispuesta, no se había dado cuenta de la enorme esperanza que tenía de que Nic regresara a California y retomaran su relación hasta que sus sueños se habían ido al traste con su confesión. Se pasó la mano por el vientre. No se le había pasado por la cabeza que tuviera que criar a aquel hijo ella sola. Siempre había podido contar con Nic. Primero, como amigo de su hermano, luego como amigo suyo y, por último, como amante.

La había ayudado a redactar su segunda tesis, la había acompañado a comprarse los dos coches que había tenido, siempre que habían salido a cenar había compartido su postre. De mil maneras diferentes, había estado presente en su vida aunque vivieran a kilómetros de distancia.

Recordó la última vez que habían hecho el amor. Lo había mirado a los ojos y había visto su futuro en ellos. Mientras habían estado juntos, sus encuentros habían sido ardientes, prolongados y dolorosamente dulces. Pero en aquella última noche, ambos se habían dejado arrastrar por una necesidad irrefrenable. Una simple mirada entre un suspiro y el siguiente la habían dejado paralizada. En ese instante, se había producido una importante conexión entre ellos que la había cambiado para siempre.

Pero resultaba que era un príncipe.

Hacía un mes que le había dicho que necesitaba concentrarse en el proyecto Griffin y que eso significaba dejar de verla. Se había llevado un disgusto, pero había imaginado que sería cuestión de tiempo que se diera cuenta de que estaban hechos el uno para el otro. Al marcharse después del accidente, el vínculo se había debilitado, pero aún existía. Aunque se había sentido obligada a ir en su busca para averiguar si su intuición no se equivocaba, había decidido darle tiempo para que asimilara el accidente antes de seguirle. Sin embargo, el embarazo le había obligado a ir a buscarle antes de lo planeado.

Pero ¿para qué servía el vínculo que había entre ellos si era un príncipe que necesitaba encontrar una esposa para engendrar un heredero que gobernara el país algún día?

¿Y su hijo? La cuestión ya no era solo que estuviera esperando un hijo de Nic, sino el hijo ilegítimo de un príncipe. Por un momento, tuvo la sensación de que todo le daba vueltas. Decirle a Nic que iba a ser padre se había vuelto mucho más complicado.

Se las arregló para sacar fuerzas y esbozar una sonrisa.

—Además, tú y yo sabemos que no tengo madera de princesa.

–Lo odiarías –dijo muy serio–. Todas esas restricciones a la hora de vestirse y comportarse.

–Tener que ser mostrarse cortés y no poder decir lo que piensas, asistir a fiestas y sonreír hasta que te duela la cara… No, yo no sirvo para eso.

Nic tenía razón: lo odiaría.

La letanía disipó su optimismo. Con la esperanza por el suelo, maldijo el vacío de su interior. Nada había vuelto a ser lo mismo desde que llegó a la isla. No era solo la ropa cara de Nic, la lujosa villa o todo aquel asunto de que fuera un príncipe. Ya no era el mismo y parecía más inalcanzable que nunca.

«¿Cómo voy a vivir sin ti?».

Se concentró en respirar profundamente para evitar derramar lágrimas.

–¿Estás bien?

El pulso se le aceleró al oír aquella pregunta. En momentos así, le sorprendía que empatizara con ella. No era sencillo percatarse de lo que sentía. Su familia solía burlarse de ella por considerarla melodramática. Disfrutaba de la vida al máximo, celebrando cada triunfo y tomándose los fracasos como si fueran el fin del mundo. Al hacerse mayor, había aprendido a controlar sus emociones y a no dejarse llevar por los impulsos.

Excepto en lo relativo a Nic. El sentido común le decía que si se comportaba con más tacto, Nic se mostraría más receptivo. Pero todo en él despertaba su pasión y disparaba su excitación.

–¿Brooke?

Incapaz de verbalizar las emociones que la enfurecían, evitó mirar a Nic y encontró la distracción perfecta en la mirada atenta de la camarera. La mujer no había dejado de observarlos desde la puerta de la cocina.

–No creo que a esa camarera le guste yo –comentó Brooke, refiriéndose a la atractiva morena–. ¿He interrumpido algo?

–¿Te refieres a Natasa? No seas ridícula.

Su inmediata negación le levantó el ánimo. Sabía que Nic no era de encuentros esporádicos ni de dejarse llevar por deseos carnales.

–Es muy guapa y no ha dejado de mirarte desde que me he sentado.

–¿Quieres comer algo? –preguntó haciéndole una señal a Natasa para que se acercara–. Otra cerveza para mí –le dijo a la camarera, y miró a Brooke–. ¿Qué quieres beber?

–Agua.

–Y tráiganos una ración de *taramosalata*.

–¿Qué es eso?

–Una crema para untar hecha con huevas de pescado. Te gustará.

Era lo que le había dicho la primera noche que habían estado juntos. Una vez que había dejado de resistirse a sus coqueteos y había tomado la iniciativa, ella había sucumbido a su actitud autoritaria y había cedido a todos sus caprichos. Sintió un cosquilleo en la piel al recordar sus caricias en las zonas más sensibles de su cuerpo. Le había hecho el amor con un esmero que nunca había conocido. No había ni un solo centímetro de su cuerpo que no le hubiera recorrido con sus manos. Durante cinco meses, había tenido una sonrisa permanente en los labios hasta que había ido a San Francisco para aquella última conversación.

Natasa volvió con sus bebidas, observó de arriba abajo a Brooke, dejó los dos botellines en la mesa y miró con desdén a Nic sin que este se percatase. Brooke sonrió al ver que Nic le abría el botellín de agua sin preguntarle. Era una de las cosas que se habían convertido en un ritual entre ellos. En los últimos cinco años, Brooke le había pedido pequeños favores que Nic se había visto obligado a hacer, sin dejar de refunfuñar sobre su incapacidad para las tareas más sencillas. Nunca se había dado cuenta de que cada vez que la ayudaba en algo, su relación se estrechaba aun más.

Seis meses atrás, todos sus esfuerzos habían dado resultado. Después de que la prueba del sistema de combustión del Griffin resultara exitosa, el equipo se había reunido para celebrarlo con una barbacoa en el patio de Glen. Nic se había mostrado animado. Ella no se había separado de su lado en toda la tarde, disfrutando de sus cálidas sonrisas y de sus roces afectuosos. Al final de la noche, habían entrelazado las manos y la había llevado hasta el porche, donde la había besado.

Aquella noche no había podido dormir, reviviendo una y otra vez el beso y preguntándose qué había hecho para finalmente vencer la resistencia de Nic. No había sido capaz de averiguarlo, y tampoco pensaba que el éxito de aquel día hubiera sido el detonante. El equipo había alcanzado varios éxitos en los meses previos. Al final, había

41

decidido que tras años de flirteo por fin lo había conquistado.

Después de aquella noche, había percibido un ligero cambio en la manera en que Nic se comportaba con ella y había albergado esperanzas de que por fin se diera cuenta de que era la mujer ideal para él. Brooke había aumentado sus visitas de fin de semana al aeropuerto espacial de Mojave, en donde el equipo del proyecto Griffin tenía sus oficinas. A pesar de las prisas por terminar el cohete para hacer la prueba de lanzamiento, Nic siempre había sacado tiempo para cenar con ella. Después, solían quedarse hablando hasta tarde. Tras dos meses, él había dado el paso de llevar su relación al siguiente nivel. No solo compartía su cuerpo con ella, sino sus sueños y deseos también. En aquel momento, había pensado que estaba conociendo al verdadero Nic. Sin embargo, ahora sabía todo lo que le había estado ocultando.

Desde aquella nueva perspectiva, Brooke miraba al mejor amigo de su hermano y solo veía a un extraño. Con su ropa estilosa y sus elegantes gafas de sol, parecía un europeo millonario. Reparó en la arrogante postura de su cabeza mientras la observaba y en la fuerza que irradiaba su presencia. ¿Por qué no había reparado antes en ello?

Seguramente porque se expresaba con naturalidad e iba a trabajar en vaqueros y camisetas. A pesar de su porte, nada en él hacía sospechar que perteneciera a la aristocracia. Siempre había asumido que no se relacionaba demasiado con sus compañeros porque prefería estar trabajando.

Brooke siempre había pensado que la gente no se arrepentía de lo que hacía, sino de lo que no había hecho. Ella prefería pensar que todas las experiencias eran enriquecedoras, ya fueran positivas o negativas. ¿Le habría entregado su corazón a Nic si hubiera sabido desde el principio quién era? Sí. A pesar de lo breve que había sido su relación, había disfrutado de cada momento que habían pasado juntos.

A pesar de que la lógica le permitía racionalizar por qué no podía casarse con él, su corazón le impedía alejarse sin volver la vista atrás. Estaba convencida de que no le era grato sacrificar su vida para que su familia continuara gobernando. Por doloroso que le resultara pensar que tenía que renunciar a un futuro con Nic, el deseo de estar con él era irrefrenable.

–Voy a hacerte una pregunta –anunció bruscamente, observando su expresión anodina–. Y esta vez espero que me digas la verdad.

Nic detuvo el botellín de cerveza a medio camino entre la mesa y sus labios.

–Supongo que te lo debo.

–Por supuesto que me lo debes –replicó ella, ignorando el brillo burlón de sus ojos–. Quiero saber la verdadera razón por la que rompiste conmigo.

–Ya te lo he explicado. No tenemos futuro. Tengo que volver a casa y contraer matrimonio.

Se quedó mirando el puerto detrás de ella con expresión imperturbable.

Era evidente que había planteado mal la pregunta.

–Y si tu hermano no se hubiera casado con alguien que no puede tener hijos, ¿habrías roto también nuestra relación?

Lo que de verdad quería saber era si la amaba, pero no estaba segura de que hubiera reflexionado acerca de sus sentimientos hacia ella. Además, al parecer había aceptado hacía un mes que tenía que casarse con otra mujer y no era propio de él perder el tiempo pensando en imposibles.

—Es una pregunta simple —dijo ella rompiendo el silencio.

No podría pasar página hasta que lo supiera.

El pecho le subió y bajó al ritmo de un suspiro, mientras se encontraba con la mirada de ella. Brooke advirtió un brillo en sus ojos que hizo que sintiera un nudo en el estómago y el ánimo se le levantara.

Había viajado hasta Ítaca para contarle lo del bebé, pero también porque no soportaba dejarlo marchar. En aquel momento entendió que debía hacerlo, aunque no todavía. Le quedaban dos días para regresar a los Estados Unidos, dos días para despedirse. Solo necesitaba una señal de Nic de que no había querido renunciar a ella.

—No, seguiríamos juntos.

Nada más pronunciar aquellas palabras, Nic deseó haber mantenido la mentira. Los ojos de Brooke brillaron de satisfacción y todo su cuerpo se relajó. Había visto aquella expresión muchas veces y sabía que le traería problemas.

—Creo que deberíamos aprovechar el tiempo

que nos queda hasta que te vayas y pasarlo juntos —dijo ella, haciendo especial énfasis en la última palabra.

Nic sacudió la cabeza, rechazando aquella sugerencia.

—No es justo para ti. No quiero aprovecharme de ti.

«Deber, honor, integridad», se dijo, repitiéndose aquellas palabras como si fueran un mantra.

Brooke se echó hacia delante, entornando los ojos.

—¿Se te ha ocurrido alguna vez que me gusta que te aproveches de mí?

El mundo a su alrededor desapareció hasta que solo quedaron ellos dos unidos por la fuerte conexión emocional que se había establecido desde la primera vez que habían hecho el amor.

—No me había dado cuenta.

Su intento de bromear para que no estuviera tan seria fracasó.

La determinación de Brooke fue tomando fuerza.

—Dime que no quieres pasar tus últimos días de libertad conmigo.

Cada célula de su cuerpo quería gritarle que sí.

—No es que no quiera, es que no debo —replicó él, y continuó rápidamente hablando para evitar que lo interrumpiera—. Desde que me enteré de que tenía que volver a mi país y casarme, me prometí que no volvería a tocarte.

—Eso es una tontería —afirmó con una sonrisa pícara—. Siempre te ha gustado acariciarme.

Nic sabía lo poderosa que podía ser esa sonrisa. Había mermado su fuerza de voluntad hasta que había hecho lo que sabía que no debía hacer: enamorarse.

«Deber, honor, integridad».

No dejaba de repetirse aquella elegía en la cabeza. Se lo estaba poniendo muy difícil.

Brooke se levantó de su silla e invadió su espacio.

Nic echó hacia atrás la cabeza y valoró su expresión decidida. El corazón le dio un vuelco al sentir sus manos en los hombros antes de sentarse sobre su regazo. Aunque no podía ignorar la presión de su trasero en sus muslos, tuvo que hacer un gran esfuerzo para mantener las manos en la espalda, lejos de aquellas tentadoras curvas. ¿A qué clase de infierno había ido a parar?

–¿Qué crees que estás haciendo?

–¿Estás bien? –preguntó ella, acariciándole el entrecejo fruncido.

–Estoy perfectamente.

–No lo parece.

–Estoy bien y no has contestado mi pregunta. ¿Qué estás haciendo sentada en mi regazo?

Deseaba hundir el rostro en su cuello y dejarle su huella.

–Demostrarte que me deseas tanto como yo a ti.

Deseaba que continuara la demostración hasta quedarse sin aliento. Hacerle el amor era maravilloso. Nunca había estado con nadie con quien se entendiera tan bien.

–Te aseguro que te deseo más que tú a mí.

—Entonces, ¿dejarás que me quede en la isla unos días más?

Lo conocía mejor que nadie y, consciente de la debilidad que sentía por ella, aprovecharía esa ventaja con cada oportunidad. Antes de que hicieran el amor, había atravesado sus defensas como un ninja. Ahora que ya se habían acostado, no dudaba que se aprovecharía de su pasión para salirse con la suya.

—Dejé California sin despedirme porque dejarte me resultaba muy duro.

Cuando un mes antes había roto con ella, había podido escapar antes de que asumiera la sorpresa de la ruptura. Poner fin a la relación había sido una de las cosas más difíciles que había hecho jamás. Si le hubiera pedido que se quedara, no estaba seguro de que hubiera podido volver a Sherdana para cumplir con su deber.

—Nada bueno saldrá de posponer lo inevitable.

—Me sentí hundida y furiosa por la manera en que desapareciste. Tenía claro que habíamos roto, pero no acababa de entender cómo habías podido marcharte sin decir nada. Deberías haberme explicado lo que pasaba. Habría entendido la situación y habría podido ponerle fin a lo nuestro. Eso es lo que necesito ahora, unos cuantos días para despedirme como es debido.

—¿Con eso te refieres a…?

Su expresión seria se tornó en traviesa.

—Unos cuantos días de sexo y pasión serán suficientes.

¿Qué hombre podría resistirse a ese ofrecimiento? La imagen de ella tumbada de espaldas mientras le acariciaba sus exquisitas curvas lo atormentó. Pero tenía que escuchar aquella voz en su interior que le decía que debía renunciar a ella. Lo más sensato sería no crear recuerdos que pudieran obsesionarlo durante el resto de su vida.

—¿No te parece que es mejor que no nos dejemos arrastrar por algo que no tiene futuro?

—No me voy a engañar fingiendo que tenemos un futuro. Voy a disfrutar de cada momento que pasemos juntos consciente de que al final acabaremos despidiéndonos para siempre —dijo, y le acarició el pelo—. Ya veo que necesitas que te convenza, así que voy a besarte.

Nic se dejó llevar por el olor a miel y vainilla que provenía de su piel, que sabía tan bien como olía. Sus generosos labios se separaron, anticipo del beso prometido. Nada le haría más feliz que pasar el resto de su vida disfrutando de aquellas curvas y del sabor de sus labios.

Un temblor evidenció su nerviosismo. Nic deseó hacerla estremecer y volver a visitar sus zonas erógenas. Buscó su mirada y en sus ojos encontró un brillo que se intensificó cuando se fijó en sus labios. Los latidos de su corazón resonaban en sus oídos mientras el momento se alargaba sin que llegara el tan ansiado beso.

—Maldita sea, Brooke.

No quería apartarle el mechón de pelo y colocárselo detrás de la oreja para evitar rozar su mejilla. Se negaba a tirar de la trenza y acercar sus labios a los suyos.

–¿Qué ocurre, Nic?

Sus dedos recorrieron sus cejas y se acercaron a sus pestañas.

«Deber, honor, integridad».

Aquella letanía estaba empezando a perder fuerza.

–En menos de una semana, no volveré a verte.

Nic entrelazó sus manos a la espalda y sus brazos empezaron a temblar.

–Lo sé –dijo ella, desviando la atención a su boca.

Sus largas pestañas proyectaban una delicada sombra en sus mejillas.

Nic sintió que el calor se extendía por todo su cuerpo, en especial donde el trasero de Brooke descansaba. Era imposible que no sintiera su erección.

–Solo estaremos prolongando lo inevitable –le recordó.

No sabía por qué se resistía si lo deseaba tanto como ella.

–Necesito esto. Te necesito a ti –dijo acariciándole el labio inferior–. Una hora, un día, una semana, me conformo con lo que sea.

Nic se puso a contar sus latidos para evitar dejarse llevar por las emociones que lo invadían. En cualquier momento sucumbiría al deseo de estrecharla entre sus brazos. No le había resultado fácil rechazar su compasión y consuelo en los días que habían seguido al accidente, puesto que ya en aquel momento sabía que tenía que volver a Sherdana. Solo porque Brooke ya supiera la verdad, no le daba derecho a dejar de comportarse con integridad.

No estaba preparado para sentir su aliento junto a la oreja y se estremeció sobresaltado, tomando aire bruscamente.

–No hagas eso.

–¿Acaso no te gusta?

–Sabes muy bien que sí –murmuró con voz ronca–. Nos traerán la comida en cualquier momento. Deberías volver a tu asiento.

–Estoy aquí por un beso y no me voy a ir sin él.

Estaba disfrutando y era evidente que él también.

Nic suspiró, consciente de que había dejado que aquel juego llegara demasiado lejos. Por mucho que deseara deleitarse con la expresión de su rostro, fijó la mirada en los barcos pesqueros que faenaban cerca. Atento a cualquiera de sus movimientos, sintió un cosquilleo en su mejilla en el instante en que sus labios rozaron su piel.

–Dejemos esto, ¿de acuerdo?

–Está bien, aguafiestas –dijo ella–. Estaba disfrutando teniéndote a mi merced, pero si insistes…

Sus ojos brillaron antes de tomarle el rostro entre las manos y unir sus labios a los suyos.

–Repítelo, pero esta vez, pon un poco más de entusiasmo.

–Como quieras –replicó ella.

Nic cerró los ojos mientras los labios de Brooke volvían a deslizarse sobre los suyos. Esta vez empleó mejor técnica y aplicó más presión. A pesar de que el beso era casto, los suaves gemidos de placer de Brooke provocaron que el eje de su mundo se inclinara. Cuando le mordió el labio entre murmullos en italiano, el deseo acabó consumiendo toda su resistencia.

—*Benedette le voci tante ch'io chiamando il nome de mia donna ò sparte, e i sospiri, et le lagrime, e 'l desio.*

¿Cómo iba a resistirse a una mujer con un doctorado en Literatura Italiana? Aunque había entendido lo que había dicho, quería volver a oírle pronunciar aquellas palabras.

—¿Qué significa?

—Benditas cuantas voces esparciera al pronunciar el nombre de mi dueño, y el llanto, y los suspiros, y el deseo.

—¿Poesía romántica italiana? —preguntó divertido, a pesar de que se sentía arrastrado por las garras de aquel dulce afrodisíaco.

—Me parecía apropiado —dijo, y apoyó la mano sobre su corazón, antes de darle un último beso y ponerse de pie—. Creo que ya he dejado clara mi opinión.

Con una sonrisa de satisfacción, volvió a su asiento.

—¿A qué te refieres?

—A que ambos necesitamos poner un final a esto.

Mientras había durado el beso, se había dado cuenta de lo que Brooke pretendía, pero durante el último mes le había costado tanto asumir la idea de vivir sin ella que no podía volver a pasar por el dolor de otra despedida. Acababa de demostrarle que no sobreviviría unos días en su compañía, mucho menos una semana. Tendría suerte si lograba soportar unas horas. No, Brooke tenía que irse, y pronto. Porque si no lo hacía, sucumbiría y le haría el amor, y eso sería desastroso.

–Yo le puse final hace un mes, cuando corté la relación –mintió–. Entiendo que quieras asimilar todo lo que te he contado. Quédate un par de días.

–¿Como amigos?

–Sí, será lo mejor.

Capítulo Cuatro

La conversación de antes de comer le apagó el ánimo a Brooke y estuvo pensativa mientras daba cuenta de un plato de *musaka*, seguido de yogur con miel de postre. Nic, que no solía ser muy hablador, parecía sentirse a gusto con el silencio, aunque no dejó de mirarla con los ojos entornados.

Iba a resultarle mucho más complicado contarle que estaba embarazada. También su decisión acerca del puesto de profesora en Berkeley. Antes de que Nic rompiera con ella un mes antes, estaba segura de que él era su futuro y había decidido renunciar a su trabajo ideal por él. Después de que se fuera, debía haber retomado su trayectoria profesional, pero al descubrir que estaba embarazada se le habían abierto varias posibilidades.

La fantasía en la que Nic se enteraba de que iba a ser padre y decidía regresar a California para formar junto a ella una familia feliz se había esfumado. Como eso no iba a ocurrir, la posibilidad de trabajar en Berkeley volvía a estar sobre la mesa. Brooke deseó poder volver a recuperar el entusiasmo que en otra época había sentido ante la idea de enseñar allí.

También estaban los retos a los que se enfrentaba siendo madre soltera. Si regresaba a vivir a Los

Ángeles, estaría cerca de sus padres, que estarían encantados de ayudarla. Debido a la confesión de Nic, estaba completamente indecisa.

De camino a la villa, mientras el coche avanzaba por la estrecha y serpenteante carretera que bordeaba la bahía de Kionio, Brooke sintió que su ansiedad subía y bajaba con cada curva.

—Llegaremos a mi casa en diez minutos.

Nic señaló un punto en una colina en el que se distinguía una mancha blanca entre la verde maleza.

En el poco tiempo que llevaba allí, Brooke se había enamorado de la villa de Nic. Sentía curiosidad por conocer al resto de su familia y su vida en Sherdana. ¿Vivirían en un palacio? Trató de imaginarse a Nic de niño, criándose en un hogar con cientos de habitaciones y docenas de sirvientes.

El coche salió de la carretera principal y tomó un camino en dirección al acantilado. Cuando los extensos jardines y luego la casa aparecieron, contuvo el aliento.

—Esto es precioso —murmuró—. No había visto este lado de la casa.

—Gabriel encontró este sitio. Lo compramos al cumplir dieciocho años, pero apenas he venido.

Construida sobre una ladera con vistas a la bahía, la casa se dividía en dos construcciones unidas por terrazas y sendas. Con muros de estuco y cubiertas de teja, estaba rodeada de cipreses y olivos, y un gran jardín se extendía a su alrededor. En las colinas colindantes se había plantado cosmos, brezo y otras plantas autóctonas siguiendo el paisaje natural. Unas cuantas macetas con flores en tonos rosas y lavanda daban la bienvenida a los visitantes al llegar a la puerta.

Nic detuvo el coche, apagó el motor y se volvió para mirarla, apoyando el brazo en su asiento. La suave brisa llevó un mechón de pelo a su cara. Antes de que Brooke se lo apartara, lo tomó entre sus dedos y se lo pasó por detrás de la oreja. Ella entrecerró los ojos, deleitándose con su roce, y sintió que el estómago le daba un vuelco cuando vio la medio sonrisa de sus labios. La sonrisa de Nic era como el brandy: templaba su interior y estimulaba sus sentidos.

—Tal vez te pueda enseñar mañana los molinos de viento.

Se quedó estudiando su rostro. El afecto con el que la miraba hizo que se le contrajera el pecho.

—Me encantaría.

Mientras Nic abría la puerta, Brooke no pudo evitar bostezar. Él la miró arqueando las cejas y ella se cubrió la boca con la mano.

—Ya veo que no seguiste mi consejo y no aprovechaste para dormir.

—Estaba demasiado cansada. Ahora, me cuesta mantener los ojos abiertos. ¿Te apetece dormir una siesta conmigo?

—Según me has dicho, tengo un montón de correos electrónicos que contestar. Iré a buscarte antes de la cena.

Conocía bien la fuerza de voluntad de Nic, así que se retiró a la terraza. En el puerto, unos treinta metros más abajo, el agua era de un intenso color azul. Se apoyó en el murete de piedra y pensó en lo curioso del destino. Antes de conocer a Nic, varios hombres habían intentado ganarse su afecto. Pero en vez de enamorarse de uno de ellos, había elegido a un hombre que estaba más interesado en sus naves que en ella. Confiaba en que el entusiasmo por su trabajo pudiera transformarse de alguna manera en pasión por ella.

La química entre Nic y ella parecía la base perfecta sobre la que construir una relación. La manera en que había bajado la guardia y le había mostrado sus emociones le había hecho creer que su actitud de hermano mayor había sido tan solo una forma de proteger su corazón. Gracias a los comentarios que Glen no dejaba de repetir una y otra vez sobre la vida amorosa de su hermana, Nic había empezado a verla como una bala perdida en lo referente al amor.

Le había dolido que ninguno de los dos le confiara la verdad. No podía culpar a Glen por ocultar las confidencias de Nic. Su hermano no sería el hombre que era sin su honestidad. Pero sí culpaba a Nic por mantenerla al margen.

Durante cinco años le había estado ocultando un gran secreto y eso le producía un gran resquemor. Ahora, era ella la que guardaba un secreto. Teniendo en cuenta lo que sabía de Nic, ¿qué era lo mejor que podía hacer? ¿Le contaría lo de su embarazo?

Después de todo lo que había descubierto, ¿era justo decirle que iba a ser padre? No podía casarse con ella ni aunque quisiera. Tampoco vivirían en el mismo continente. Siendo príncipe de un pequeño país europeo estaría sometido a escrutinio público. ¿Estaría dispuesto a reconocer a un hijo ilegítimo? Pero aun así, ¿era justo negarle la oportunidad de tomar esa decisión?

Su mejor amiga, Theresa, le ayudaría a responder algunas de esas preguntas. Era la persona más sensible y sensata de la vida de Brooke. Se fue al pabellón de invitados, tomó el teléfono y marcó el número de Theresa.

—Bueno, ya iba siendo hora de que me llamaras. Por lo menos te he dejado cuatro mensajes.

Theresa parecía más su madre que su amiga.

Brooke trató de relajar la tensión de sus hombros, pero le resultaba difícil teniendo que soportar una regañina.

—Cinco. Siento no haberte llamado antes…

—Estaba preocupada por ti. La última vez que hablamos, ibas a preguntarle a tu hermano dónde estaba Nic.

—Y así lo hice.

—¿Y dónde está?

—A unos tres kilómetros del pueblo griego más bonito que hayas visto en tu vida.

—¿Y sabes que este pueblo es tan bonito porque…

—Lo he visto.

Siguió una larga pausa. Brooke se imaginó la expresión de su amiga pasando del asombro a la incredulidad.

—¿Y la entrevista para Berkeley?

—Es dentro de tres días.

—¿Vas a volver a tiempo?

No estaba segura de que eso fuera lo que quería. La idea de criar a un hijo sola la asustaba. Quería estar cerca de su familia y eso suponía vivir en Los Ángeles.

–Es mi intención.

–¿Cómo ha reaccionado Nic al verte?

–Se llevó una buena sorpresa.

–¿Y cuando le contaste lo del bebé?

Un arrebato de pánico y deseo la desconcertaron. Veinticuatro horas antes, le parecía una necesidad dar con él, no algo impulsivo ni temerario. A posteriori, se daba cuenta de que había sido estúpidamente optimista. Había estado convencida de que Nic volvería a California con ella en cuanto supiera que iba a ser padre.

–Todavía no se lo he dicho.

–¿A qué estás esperando?

Brooke se echó sobre la cama y se quedó mirando el techo.

–Las cosas se han complicado un poco desde que he llegado.

–¿Has vuelto a acostarte con él?

–No –dijo, y sonrió antes de continuar–. Todavía no.

–Brooke, eres mi mejor amiga y te deseo lo mejor –comenzó Theresa en tono paciente–. Pero tienes que darte cuenta de que si quisiera estar contigo, lo estaría.

–No es tan simple.

¿O sí? ¿Acaso no había renunciado sin más a ella por su deber hacia su país? Una vez más, Brooke volvió a imaginarse a Nic vestido formalmente junto a dos hombres exactamente iguales a él. A su lado había un trono ocupado por una pareja mayor con sus respectivas coronas.

–Pero siente algo por mí, es solo que está en una situación difícil –continuó–. Y no podía decirle por teléfono que estoy embarazada.

–Sí, en eso tienes razón. Pero has ido a buscarlo hasta Grecia y todavía no se lo has contado. ¿Qué pasa?

Theresa estaba haciendo un esfuerzo por mostrarse positiva y comprensiva, pero era evidente que no le parecía que Brooke estuviera actuando con sensatez.

–¿Qué te hace pensar que pasa algo?

–Bueno, somos amigas desde tercero. Sé darme cuenta de cuando algo te preocupa. ¿Está bien?

Desde que se conocían, Theresa nunca había entendido la vena romántica de su amiga, su predisposición al coqueteo, su deseo de enamorarse… Felizmente casada con su novio de la universidad, Theresa había sentado la cabeza y era feliz. Y aunque Theresa nunca lo reconocería, Brooke tenía la sensación de que su amiga la juzgaba porque su vida era anodina.

–Físicamente, sí, a pesar de la resaca que tenía esta mañana. Tenía un aspecto terrible.

–Así que le está costando superar el accidente.

–Por supuesto. Glen y él llevaban cinco largos años obsesionados con su sueño. Y, como bien dices, se siente culpable por lo que ha pasado –dijo, y suspiró al recordar lo que sabía–. No va a volver.

–Claro que sí. Si hay alguien que pueda convencerlo para que no se dé por vencido eres tú.

–No puedo. Están pasando otras cosas.

–¿Qué cosas?

–Resulta que tiene problemas en casa y tiene que volver a su país y casarse con alguien.

–¿Qué? ¿Está prometido?

–Todavía no, pero pronto lo estará.

–¿Pronto? ¿Acaso tiene novia y le va a pedir matrimonio? ¿Por eso te rompió el corazón?

Brooke sabía que no estaba siendo clara, pero le costaba explicar lo que todavía no había acabado de asimilar.

–No, no es tan simple, Theresa. Es un príncipe.

–¿Cómo dices? ¿Un qué?

–Un príncipe –respondió, y contuvo las ganas de llorar al oír un suave silbido al otro lado de la línea–. ¿Sigues ahí?

–Sí, estoy aquí, pero no te he oído bien. ¿Puedes repetir lo que has dicho?

–Nic es un príncipe. Es el segundo en la línea de sucesión al trono de un pequeño país llamado Sherdana.

Su respiración se fue normalizando mientras esperaba a que su amiga saliera de su estupefacción. No tardaría mucho. Theresa era una de las personas más pragmáticas que conocía. Era una de las razones por las que llevaban tanto tiempo siendo amigas. Los polos opuestos se atraían. Theresa necesitaba de la energía alocada de Brooke para animar su vida y Brooke confiaba en el sentido común de Theresa para mantener los pies en la tierra.

–¿Me tomas el pelo, verdad? Toda esta conversación parece sacada de uno de esos programas de cámara oculta –dijo, y al ver que su amiga no hacía ademán de contestar, añadió–: De acuerdo, será mejor que empieces por el principio.

Nic estaba sentado en el cuarto de estar, con el ordenador portátil al lado, pensando en Brooke y en su alocada idea de compartir la cama unos días antes de despedirse y poner fin a lo suyo. ¿Habría conseguido convencerla de que eso no iba a pasar a pesar de que deseaba desesperadamente volver a hacerle el amor? Durante los cinco meses que habían estado juntos, Brooke había aprendido que solo con hacerle una señal, estaba dispuesto a dejar su trabajo y pasar unas horas entre sus brazos. Nic gruñó al reflexionar sobre lo vulnerable que era a sus encantos. Estaba librando una batalla contra sí mismo y contra ella.

Resopló, encendió el ordenador y comprobó su correo electrónico. Le había dicho que tenía docenas de correos electrónicos sin contestar, pero el buzón de entrada estaba vacío. Tardó quince minutos en encontrarlos en la carpeta en la que archivaba los mensajes que no quería borrar y restaurar la configuración como le gustaba. Brooke era un desastre en todo lo relacionado con la tecnología. A Glen le parecía divertida aquella ineptitud de su hermana, mientras que a Nic le resultaba desesperante, como muchas otras cosas de ella.

Siempre era impuntual. De hecho, su noción del tiempo estaba tan distorsionada que cuando necesitaba que estuviera en algún sitio, la citaba treinta minutos antes. También estaba su incapacidad para decir que no. Aquello le llevaba a situaciones de las que tenía que ser rescatada. Como aquella vez en la que durante el pícnic anual del equipo del Griffin había accedido a llevarse a todos los niños a dar un paseo por el campo y se había perdido. Nic y Glen habían tenido que salir a buscarlos, junto a media docena de padres preocupados. Para los niños, había sido la mejor aventura de su vida. Brooke los había mantenido calmados y entretenidos, evitando que se dieran cuenta de lo que pasaba. Más tarde, cuando la había reprendido por preocupar a todo el mundo, se había limitado a encogerse de hombros y decir que no había pasado nada. No pensaba en las consecuencias de sus actos y eso lo volvía loco.

Tan loco como cuando le había estado provocando con su cuerpo estilizado para despertar sus instintos básicos. Cada vez que tenía unos días libres e iba a visitarlo, le resultaba imposible concentrarse en el proyecto Griffin. No paraba de dar vueltas por su despacho hasta engatusarlo para que la hiciera caso. Tenía que soportar sus abrazos sugerentes y sus pretendidos roces casuales. Cuando el domingo por la tarde volvía a San Francisco, él acababa excitado, descentrado y con un humor de perros.

Su teléfono sonó. Era Gabriel. El heredero al trono parecía relajado y algo apagado al darle el mensaje que Nic estaba esperando.

–Pasado mañana, mamá va a mandar el avión para recogerte y quiere saber a qué hora puedes estar en el aeropuerto.

–¿Qué es tan urgente? Queda más de una semana para tu boda.

–Ha organizado una serie de fiestas y celebraciones antes del gran día, y espera que Christian y
tú asistáis. Según tengo entendido, ha preparado
una lista de candidatas a esposas que quiere que
estudiéis.

Nic pensó en la mujer que dormía en el pabellón de invitados. Le resultaba devastadora la idea
de separarse de ella después de reencontrarse. Se
llevaría una gran decepción cuando se enterara de
que su tiempo juntos se vería reducido, pero ya se
lo había advertido.

–¿Y alguna de esas mujeres…?

¿Qué quería preguntar? Sin conocerlas, ya tenía decidido que no le interesaban. Ninguna de
ellas era Brooke.

–¿Qué quieres saber, que si son guapas, inteli-
gentes o ricas?

–¿Me va a gustar alguna?

Nic se sintió como un estúpido.

–Estoy seguro de que te van a gustar todas. Tan
solo tienes que imaginarte con cuál de ellas te gustaría pasar el resto de tu vida.

–¿Es eso en lo que pensabas cuando tuviste que
valorar a las candidatas?

Gabriel se quedó pensativo antes de contestar.

–No precisamente. Desde el principio tenía a
Olivia en la cabeza.

–Pero estuviste un año conociendo a las pre-
tendientes. ¿Por qué perder el tiempo cuando ya
sabías a quién querías?

–Por dos razones. Porque mamá no habría aceptado que ya conocía a la mujer perfecta. Además, en aquel momento solo mi subconsciente sabía que Olivia era la elegida.

A Nic le habría gustado tener aquella conversación cara a cara para ver la expresión de su hermano.

–Mientras revisaba la lista –continuó Gabriel–, me di cuenta de que comparaba a cada mujer que conocía con Olivia.

–Era tu mujer ideal.

–Era la que quería.

La convicción en la voz de Gabriel hizo que Nic sintiera envidia de su hermano por primera vez desde que eran niños. Antes de que Nic descubriera su pasión por la ciencia y la ingeniería, siempre se había preguntado cómo podía contribuir a su país. Gabriel gobernaría. A Christian solo le preocupaba pasárselo bien y eludir responsabilidades. Nic quería dejar huella, una gran ambición para un niño de ocho años.

Gabriel continuó hablando.

–Me fastidiaba tener que casarme y tampoco estaba seguro de si Olivia sería la adecuada para mí. Incluso cuando le pedí matrimonio, estaba ciego a los deseos de mi corazón. Gracias a Dios que mi intuición no se vio alterada por mi tozudez.

–¿En qué momento te diste cuenta de que habías elegido a la mujer perfecta?

–La noche en que mis hijas vinieron al palacio. Olivia se las llevó a su habitación y cuidó de que no las viera nadie que pudiera asustarlas, incluido yo.

Y no dejó de mostrarse cariñosa con ellas incluso cuando pensó que seguía enamorado de su madre.

–Hablando de Karina y Bethany, ¿qué tal están?

–Cada días más grandes e inquietas. Adoran a Olivia. No sé cómo se las arregla para canalizar toda su energía como si nada. Es la única que sabe manejarlas sin acabar tirándose de los pelos.

–¿Ni siquiera mamá?

–Al principio sí, pero las niñas se han dado cuenta de que le gusta mucho regañar. Papá les permite comer todas las chucherías que quieren y Ariana les ha enseñado todos los buenos escondites que hay en el palacio. Pronto las conocerás. Haré que el avión te recoja mañana a mediodía.

–De acuerdo.

Así tendría tiempo suficiente para asegurarse de que Brooke tomara el vuelo de regreso a California.

–Estate preparado a tiempo.

–¿Dónde si no iba a estar? No tengo adónde ir más que a casa.

Después de colgar, Nic suspiró y se quedó reflexionando acerca de lo que Gabriel le había dicho sobre buscar esposa. El hecho de que su hermano hubiera dado con la mujer perfecta antes incluso de empezar la búsqueda no disminuía la inquietud de Nic ante lo que estaba por llegar. Su mente y su cuerpo ya habían elegido una mujer para él. En aquel momento estaba en la cama del pabellón de invitados. Si le pasaba lo mismo que a Gabriel, iba a serle imposible encontrar a alguien que igualara la perfecta imperfección de Brooke.

Unas horas más tarde, cuando estaba abriendo una botella de uno de los mejores vinos de Sherdana, Brooke apareció en el cuarto de estar. Se había vuelto a cambiar de ropa. El kimono color pastel ondeaba a su espalda, dejando ver una camiseta de ganchillo verde y unos pantalones cortos de flores.

Una suave brisa entró desde la terraza y agitó sus rizos cobrizos. Se había dejado suelto el pelo y le caía en ondas por los hombros y la espalda. Al darse cuenta de que estaba observándola fijamente, volvió la atención al vino.

¿Cuántas veces en los últimos cinco años había soñado con hundir los dedos en aquella melena pelirroja y revolverla?

Nic le ofreció una copa de vino, pero ella negó con la cabeza.

–Prefiero algo sin alcohol.

Le sirvió un vaso de zumo que se bebió sin dejar de mirarlo por encima del borde del cristal.

–Antes dijiste que tu hermana pinta cuando viene aquí. ¿Puedo ver su estudio?

–Claro.

Atravesaron la terraza y rodearon la villa. Una pequeña edificación con amplios ventanales orientados al norte se levantaba sobre un suave montículo con vistas a la entrada del puerto. Nic abrió la puerta y le hizo una señal para que entrara.

–Vaya, esto es maravilloso –dijo una vez en el interior.

Aunque Brooke siempre era generosa con sus elogios, Nic pensó que exageraba al referirse a las obras de Ariana. Estaba orgulloso de lo que su hermana había conseguido con sus cuadros, a pesar de que no le gustaba su estilo moderno. Ella siempre lo había acusado de tener el gusto estancado en la Edad Media. Por su parte, Brooke parecía entender perfectamente lo que su hermana expresaba.

Disfrutó viéndola recorrer el estudio, deteniéndose en cada lienzo y tratando cada cuadro como si fuera una obra maestra. Cuando Brooke regresó a su lado, su sonrisa de satisfacción provocó que él también sonriera. La próxima vez que viera a Ariana le diría lo buena artista que era.

—Nunca había visto la obra de Ariana de esa manera —dijo Nic mientras volvía a cerrar con llave el estudio—. Gracias por abrirme los ojos.

Aquel comentario pareció pillarla desprevenida.

—De nada.

En aquel momento, Nic se dio cuenta de las pocas veces que le había demostrado lo mucho que la apreciaba. ¿Cómo había sido tan perseverante después de que él le pusiera un obstáculo tras otro? Lo único que siempre había pretendido había sido gustarle y que la tratara con respeto.

—¿En qué estás pensando? —preguntó ella de vuelta en la casa.

Se recogió el pelo y se lo sujetó en un moño.

—En que estuve mucho tiempo tratando de mantenerme apartado de ti.

De nuevo, la sorprendía.

—Así fue, pero siendo justos, sé que puedo resultar un poco agobiante.

—Y perturbadora. Me costaba concentrarme cuando te tenía cerca.

–¿Por qué de repente estás siendo tan amable conmigo? –preguntó mirándolo con ojos entrecerrados.

–Mientras dormías, me llamó mi hermano. Pasado mañana tengo que irme a Sherdana.

–¿Tan pronto?

Brooke no pudo evitar que sus labios se curvaran hacia abajo.

Nic deseó rodearla con su brazo, pero no le haría bien a ninguno de los dos avivar la relación cuando estaban a punto de separarse.

–Al parecer, mi madre ha organizado una serie de celebraciones a las que quiere que asista antes de la boda de Gabriel y Olivia.

–Pensé que ya se habían casado.

–Así es –replicó Nic, y miró por la ventana hacia Kionio–. Mi hermano la trajo a Ítaca y se casaron en secreto.

–Qué romántico.

–No es propio de Gabriel anteponer sus deseos a las necesidades del país. Pero está loco por Olivia y no soportaba la idea de vivir sin ella.

El silencio de Brooke llamó su atención. Se había quedado pensativa, con la mirada perdida en el suelo.

–Entonces, ¿para qué van a volver a casarse?

–La boda del príncipe heredero es algo trascendental, así que mis padres decidieron celebrar una segunda ceremonia para que los ciudadanos también participaran. Habrá fiestas todas las noches hasta el gran acontecimiento, tanto en el palacio como en otros lugares de Carone, la capital.

–Cuéntame cómo son las fiestas en el palacio. Supongo que serán muy formales –dijo Brooke, y sonrió–. ¿Tienes que bailar?

–Solo si no puedo evitarlo.

–Así que sabes bailar.

–Es parte de la preparación de un príncipe –dijo imitando los movimientos de baile–. No tengo la técnica de Gabriel ni la gracia de Christian, pero al menos no piso a mi pareja.

–Esta noche, después de cenar, bailaremos. Y no discutas –añadió rápidamente, levantando una mano antes de que empezara a protestar–. Recuerdo que en al menos tres ocasiones, me dijiste que no sabías bailar.

–No –la corrigió–. Te dije que no bailaba, que no es lo mismo.

–Es cuestión de matices.

–Muy bien. Después de la cena.

Nic era consciente de que tomarla entre sus brazos y bailar con ella podía complicar las cosas. Pero podía aprovechar y enseñarle algún baile típico de Sherdana. Los movimientos eran enérgicos y el único roce era el de las manos.

–¿Qué vamos a comer que huele tan bien?

–Elena nos ha preparado un estofado de cordero y una ensalada.

Brooke se acercó a los hornillos, en donde había una cacerola a fuego lento.

–No sé cómo puedo tener tanta hambre después de todo lo que hemos comido.

Algo en el modo en que dijo aquellas palabras le hizo rechinar los dientes. Aunque tenía hambre de comida, el tono de su voz le hizo desear algo completamente diferente. Después de pedirle que sacara la ensalada de la nevera en la que Elena la había dejado, sirvió el estofado y trató de apartar la imagen de Brooke en la cama, con la melena pelirroja desperdigada por la almohada y sonriendo de satisfacción.

—¿Puedo hacer algo más?

Le dio un plato y la cesta del pan, casi empujándola en un intento por mantenerla apartada.

Brooke se dirigió a la mesa.

—Me encanta el pan griego y los postres. Podría alimentarme solo de eso.

—Espero que también te guste el estofado. Elena es una magnífica cocinera.

—Seguro que está buenísimo.

El ama de llaves de Nic había dejado la mesa puesto, así que lo único que tuvieron que hacer fue sentarse y disfrutar de la comida. Siguiendo su ejemplo, Brooke había mojado trozos de pan en el estofado. Nic había perdido la cuenta de cuántas veces se había limpiado una miga o un resto de salsa de los labios con la lengua. De postre, Elena había preparado *baklava*. Estaba deseando verla chuparse la miel de los dedos.

Y no le defraudó.

—¿Qué te parece tan divertido? —preguntó ella, pasándose la lengua por la comisura de los labios.

—Estoy intentando recordar la última vez que disfruté tanto tomando *baklava*.

—Pero si no lo has probado.

Nic se imaginó derramando miel por su cuerpo

y lamiendo el rastro. Las abejas de Grecia hacían una miel deliciosa, que en su piel sabría a manjar divino. La excitación que lo había amenazado durante toda la cena estalló con una feroz determinación. Nic se recostó en su asiento, consciente de la tirantez de sus pantalones y del deseo que lo asaltaba.

—Ya lo has disfrutado tú por los dos.

—Estaba delicioso —dijo ella cortando un trozo más—. ¿Seguro que no quieres un poco?

La pregunta era inocente, pero el brillo de sus ojos verde grisáceos al mirarlo no lo era. Nic esquivó su mirada y sacudió la cabeza.

—Por mucho que esté disfrutando tus intentos de seducirme, me temo que mis intenciones no han cambiado.

—Ya veremos —repuso con determinación, y se recostó en su asiento—. Todavía me quedan dos días y una noche para lograrlo.

Decidido a poner fin a aquellas bromas, Nic recogió los platos de la mesa y guardó los restos del estofado.

—Sé lo que estás pensando —murmuró Brooke, siguiéndolo al fregadero—. La primera vez, tardé cinco años en conquistarte —dijo dejando la bandeja de *baklava* en la encimera y chupándose la miel de los dedos—. Pero ¿te das cuenta de que después de todas las noches que pasamos juntos, ahora sé muy bien lo que te excita?

Por el rabillo del ojo, Nic la vio llevarse un dedo a los labios y sintió que la boca se le secaba. Lo estaba torturando.

—Dos días y una noche, Nic —repitió—. Horas y horas de placer explorando cada centímetro de nuestros cuerpos, deleitándonos con lentos y apasionados besos.

Pero no se sentía libre para disfrutar de la clase de diversión que Brooke proponía y, de una manera o de otra, quería hacérselo entender.

—¿Y después qué? —la interpeló en tono más cortante del pretendido.

—¿A qué te refieres? —preguntó sorprendida.

—¿Qué pasará después de la diversión? ¿Has pensado en que cuando nos vayamos de esta isla, cada uno seguirá con su vida?

Mientras el agua caliente llenaba el fregadero, Nic apoyó la cadera en la encimera y se cruzó de brazos.

Ella hundió los hombros.

—Yo volveré a California, al trabajo de mis sueños.

—Y yo tendré que buscar esposa.

Decidido a aprovechar su situación ventajosa, puso el CD con música típica de Sherdana que le había regalado Ariana en un cumpleaños. Nada más empezar a oírse las primeras notas, le ofreció la mano a Brooke.

—Ven aquí. Es hora de que aprendas un baile tradicional de Sherdana.

Capítulo Cinco

Nic se despertó con el olor a café y sintió unas cosquillas en la oreja. Sacudió la mano para apartar lo que estaba molestándolo y oyó una risita. El colchón se hundió a su lado. Abrió los ojos al sentir una mano en el hombro y unos labios en la zona sensible del lóbulo de la oreja.

–Duermes como un tronco –susurró Brooke–. Llevo quince minutos aprovechándome de ti.

–Lo dudo.

La idea de que hubiera tenido algo que ver con su despertar, le resultaba muy sugerente.

–No estés tan seguro.

Parecía muy segura de sí misma al meterse en la cama junto a él. Comprobó que una simple sábana los separaba cuando le acarició con la rodilla la parte trasera del muslo. Por si esa caricia no fuera suficientemente provocadora, acercó la pelvis a su trasero y estrechó sus deliciosas curvas contra la espalda de Nic.

–Sé que no llevas ropa interior.

–Lo estás suponiendo.

–No, lo sé –dijo deslizando la mano por su bíceps–. Lo he visto.

Nic ni siquiera pudo tomar aire para protestar. ¿Qué demonios pretendía? Recordó la amenaza de la noche anterior. Sabía que si bajaba la guardia, solo conseguiría sentirse más frustrado mientras que ella se envalentonaría. Aun así, sentía curiosidad por ver hasta dónde estaba dispuesta a llegar.

–¿Cuánto tiempo llevas despierta? –preguntó.

Sintió sus dedos subiendo por la nuca hasta el pelo y cerró los ojos para disfrutar de la sensación.

–Un par de horas. He estado nadando, he hecho café y me estaba aburriendo hasta que he decidido que ya era hora de despertarte. ¿Qué tal lo estoy haciendo?

–Estoy completamente despierto –gruñó–. Gracias. ¿Por qué no vas a desayunar algo mientras me ducho?

–¿No quieres compañía?

Brooke le mordió en el hombro y Nic maldijo para sus adentros. El roce de su lengua en la piel le hizo mover las caderas. La erección que había estado tratando de contener, se liberó.

–¿No quedamos anoche en que esto era una mala idea?

–Esa es tu opinión. Creo que perdimos el tiempo bailando, cuando podíamos haber hecho arder tu cama.

–¿Arder la cama?

–Sí, arder la cama, romper las sábanas.

Nic se volvió de espaldas y la miró a la cara. Luego, apoyó la mano en su mejilla y sintió que el corazón se le contraía. Estaba muy guapa sin maquillaje. Durante cinco meses había saboreado la idea de pasar el resto de su vida con ella. Había disfrutado de su cuerpo y le había entregado su corazón. Por aquel entonces, con la boda de Gabriel y Olivia aproximándose y el futuro de Sherdana en manos de su hermano, Nic había pensado que por fin iba a tener la vida que deseaba con la mujer que le hacía feliz. No era justo que las circunstancias hubieran interferido en su futuro, pero así era.

—Sabes que no podemos hacer esto –dijo apartando la mano.

—Maldita sea, Nic.

Cuando se quiso dar cuenta, la tenía sentada a horcajadas encima. Atrapado entre sus fuertes muslos, Nic buscó la almohada y clavó en ella los dedos. Apenas podía mantener el control bajo su mirada desafiante. Brooke se colocó sobre su erección y sonrió mientras él separaba las caderas del colchón para encontrarse con ella. Era evidente que pretendía llevarlo más allá de sus límites, incitarlo a actuar. Él apretó los dientes y permaneció inmóvil.

Brooke apoyó las manos en su pecho y se inclinó hacia delante.

—Estoy triste y odio sentirme así. Quiero ser feliz un rato, olvidarme del futuro y disfrutar del presente.

Allí donde le rozaba, sentía que ardía. La cortina de su pelo húmedo cayó hacia delante y le rozó la mejilla.

—No es que no lo desee también –comenzó, pero se detuvo–. Simplemente, no veo que esto vaya a traernos nada bueno a ninguno de los dos.

No quería que supiera que lo que sentía por ella iba más allá de la atracción física.

Brooke deslizó las manos por el cuerpo de Nic,

desde el pecho al estómago. Sus músculos se contrajeron, traicionándolo. Apretó los dientes y pensó en algo menos tentador que sus muslos sujetándolo por las caderas o el calor que sentía a través de las capas de algodón. Por desgracia, en aquella posición, era ella la que dominaba el campo de visión.

—¿Es esa mi camisa?

La última vez que había visto aquella prenda, ella estaba yéndose de su casa después de haber pasado la noche juntos. En su afán por desnudarla, le había roto la blusa. En aquel momento, allí donde su pelo húmedo tocaba la camisa, el tejido se volvía transparente.

—Sí. Cada vez que me la pongo, pienso en las noches que pasamos juntos.

Nic se aferró a las sábanas, dispuesto a mantener su palabra y las manos apartadas de ella. No quería complicarse la vida teniendo un romance con Brooke en aquel momento. Pero desde la tarde anterior había estado obsesionado pensando en las distintas formas de tocarla sin usar las manos.

—Háblame de todas esas mujeres que están deseando convertirse en princesas —dijo en tono seco—. ¿Son guapas y ricas?

—¿De veras quieres hablar de eso?

—Lo cierto es que no —respondió, acariciándole los costados.

En un intento por detenerla antes de que le hiciera retorcerse, Nic la tomó de las muñecas y rodó sobre ella. Brooke acabó debajo de él, con las piernas enredadas en las sábanas. Estaba atrapada en una red que ella misma había tejido y era su oportunidad de escapar. Debía apartarse inmediatamente de ella, pero su expresión denotaba tanta vulnerabilidad que se quedó paralizado.

–Tócame –susurró ella, clavándole los dedos en los bíceps.

Nic presionó sus caderas contra ella, que se movió frotando el cuerpo contra el suyo. Un gemido escapó de su garganta, al percibir que su calor lo llamaba.

–Prometí que no lo haría.

–Entonces, bésame. De eso no dijiste nada.

–Deberías haber sido abogada –farfulló, rindiéndose a lo que ambos querían.

Unió su boca a la de ella, que se abrió como una rosa en una cálida tarde de verano. Se concentró en sus labios mientras contenía la urgencia de su entrepierna. Sus corazones latían al unísono y el tiempo pareció detenerse. Todo a su alrededor desapareció. Solo sentía la suavidad de sus labios, sus leves gemidos y la creciente tensión de su cuerpo.

Aquel cambio en sus intenciones no beneficiaría a ninguno de los dos, pero estaba harto de pensar en lo que no podía hacer. Quería disfrutar del momento y olvidarse del futuro. Brooke le había ofrecido un regalo sin ataduras. Pronto llevaría una vida llena de límites y restricciones. ¿Por qué no disfrutar unos minutos, por qué no disfrutar de una mujer divertida y estimulante que llenaba de alegría su anodina existencia? Durante cinco años había luchado por no enamorarse de ella, temiendo que algún día tuviera que dejarla.

No se había equivocado. Había acabado arriesgándose y al final había tenido que tomar aquella terrible decisión.

—¿Ves? No ha sido tan difícil —dijo ella.

Nic deslizó los labios por su cuello y continuó besándola.

—Nunca había conocido a nadie como tú. Nadie me saca de mis casillas con tanta facilidad.

—Es mi personalidad deslumbrante.

—Es tu maldita tozudez. Si Berkeley no sale adelante, siempre podrás enseñar el arte de no aceptar un no por respuesta en los cursos para comerciales.

Sus pezones erectos le ardían en el pecho a través de la fina tela.

—Desabróchate la camisa.

Ella vaciló, sin llegar a entender a qué se debía el cambio. Después de largos segundos, levantó las manos y se desabrochó el primer botón. Al ver aparecer la curva de su pecho, Nic bajó la cabeza y saboreó su piel. Sus jadeos lo hicieron sonreír. Lo que pretendía hacer a continuación la dejaría sin respiración.

—Otro.

Brooke obedeció y él acarició su escote con la incipiente barba de su barbilla.

—Sigue.

Se desabrochó los siguientes dos botones, pero sostuvo los bordes de la camisa para que permaneciera cerrada. Luego lo miró a través de sus pestañas, adivinando lo que quería.

—Ábrete la camisa. Quiero mirarte.

—Nic, esto es…

Él la interrumpió al tirar de la camisa y descubrirle un pecho.

–¿No es lo que tenías en mente? –preguntó, y dibujó un círculo con la lengua sobre su pezón erecto.

–Es exactamente lo que quería –dijo arqueando la espalda y aferrándose a la camisa–. Siento como si…

–Venga, dímelo –le rogó, deseando conocer el efecto que sus labios tenían sobre su cuerpo–. Quiero saberlo todo. ¿Qué es lo que te gusta? ¿Qué te vuelve loca?

Le pasó la lengua por el pezón y ella se estremeció. Esa vez, fue Nic el que contuvo el aliento. Era preciosa, perfecta. Sus pequeños y redondeados pechos estaban coronados por pezones oscuros. Lástima que sus labios fueran la única parte de su cuerpo que iba a disfrutar de aquella piel sedosa, aunque, al volver a metérselo en la boca y succionar, pensó que tampoco estaba tan mal.

Nic se esmeró con el otro pecho y Brooke jadeó, abandonándose a aquella sensación tan gratificante.

La situación se estaba yendo de las manos y Nic no quería perder el control. Suspiró, tomó los bordes de la camisa y los unió, ocultando de su vista aquellos pechos turgentes.

–¿Vas a detenerte? –preguntó consternada–. Justo ahora que se estaba poniendo interesante.

Nic tenso se levantó de la cama y apartó los ojos de ella. No estaba seguro de que pudiera evitar la tentación.

–Sigues sin entenderlo, ¿verdad? No puedo ofrecerte nada más allá de esta cama.

–Lo sé.

Ella rodó hacia un lado, mirándolo acusadoramente con sus ojos verde grisáceos. Una sensación de ira lo invadió. ¿Por qué había ido hasta allí y había tenido que interponerse en su futuro? Se fue al cuarto de baño y antes de cerrar la puerta, lanzó una última mirada en su dirección. Tenía apoyada la cabeza en una mano y lo miraba con ojos entornados. Se había dejado la camisa suelta, mostrando la curva de su pecho derecho casi hasta el pezón.

Cerró la puerta con más fuerza de la necesaria y dejó correr el agua. Iba a darse una ducha de agua fría.

Al oír el agua, Brooke suspiró y se tumbó de espaldas. Parecía que la cama vacía estuviera burlándose de ella. Una sensación de frustración invadió su pecho y apretó los dientes para evitar emitir sonido alguno, pero era difícil contener tanta emoción. Así que tomó una de las almohadas de Nic y se cubrió la cara con ella para impedir que oyera las maldiciones que salían de su boca.

Una vez se le pasó el arrebato, permaneció tumbada con la nariz enterrada en la almohada, aspirando el olor de Nic y reviviendo el momento en el que había perdido el control. El calor emanaba de su piel en crecientes oleadas. Aquel hombre tenía un don para poner su mundo del revés.

No era la primera vez que sentía un dolor creciente en el pecho. Lo que había empezado como un capricho, un enamoramiento, un juego pueril había escalado hasta convertirse en algo de lo que no había podido librarse. Su madre, su amiga Theresa e incluso Glen, le habían advertido de que estaría mejor con un hombre que la apreciara de verdad. Pero no había querido seguir los consejos de su familia y amigos.

Se dejó llevar por un miedo paralizante hasta que fue calmándose. Se sentó y se volvió a abrochar la camisa de Nic. Las náuseas la pillaron desprevenida. Ahí tenía la prueba de que su cuerpo estaba cambiando. Se levantó de la cama y salió corriendo, temiendo que Nic saliera del baño y, al verla con tan mal aspecto, le pidiera una explicación.

De camino al pabellón de invitados, tomó un poco de pan y una botella de agua. Una vez en su habitación, se comió la corteza del pan y se puso la botella en la frente y esperó a que el estómago se le asentara. Con las náuseas, sentía que se quedaba sin fuerzas.

Dentro de veinticuatro horas, Nic volvería a casa para buscar una esposa y lo perdería para siempre. Quizá debería olvidarse de toda aquella locura inmediatamente y volver a California.

Porque todavía no había hecho lo que había ido a hacer: decirle a Nic que estaba embarazada.

Aun así, después de lo que había descubierto, ¿tenía sentido darle la noticia de que su hijo ilegítimo iba a vivir lejos de él, en California? Estaba a punto de volver a su país para elegir una esposa y formar su propia familia. A su futura esposa no le gustaría saber que Nic había dejado embarazada a otra mujer.

Claro que había demostrado que era un hombre de principios. ¿Se sentiría mal por no formar parte de la vida de su hijo? ¿Y si reclamaba su custodia? ¿Tendría que pasar los siguientes dieciocho años cruzando el Atlántico para que su hijo se relacionara con Nic? ¿Y el escándalo que aquello supondría para la familia real?

Aun así, ¿era moralmente correcto ocultarle la noticia? Desde luego que todo sería más fácil para ella. Su vida en adelante sería tranquila y rutinaria. Daría clases en Berkeley o en UCLA y criaría a su hijo sola. Nadie sabría que había tenido una aventura con un príncipe europeo.

Media hora después de su encuentro con Nic, se lo encontró en la cocina tomando un café mientras contemplaba el paisaje desde la ventana. Brooke se acercó y al ver la expresión de su rostro, se quedó sin fuerzas.

—No lo hagas.

Sintió un nudo en la garganta antes de poder decir nada más.

Él volvió la cabeza en su dirección. Su mirada era vacía.

—¿Que no haga qué?

Al oír su tono de crispación, la ansiedad dio paso a la frustración.

—No lamentes lo que acaba de suceder.

—Brooke, es que no entiendes…

—Déjalo —lo interrumpió—. Te conozco desde hace mucho tiempo.

Sabía muy bien lo que se le estaba pasando por la cabeza a Nic.

—No me conoces bien.

¿Y de quién era la culpa? Brooke respiró hondo y cerró los ojos para moderar su tono.

—Pues me habría gustado que no hubiera sido así.

La mirada que le dirigió estaba llena de arrepentimiento y pesar.

—Ya no podemos hacer nada. Mi familia me necesita.

Aunque la estaba apartando con sus palabras, el músculo de su mentón evidenciaba que no se alegraba de hacerlo. Su expresión desesperada igualaba el dolor que transmitía su voz.

«Yo te necesito. Tu hijo te necesita».

De repente, supo que no iba a hacerle cargar con aquello. Lo que sentía por ella no era pasajero. Le resultaba difícil dejarlo correr y a él le estaba pasando algo parecido. Pero cada uno había encontrado una manera de superarlo y lo respetaría.

Brooke se retiró al otro lado de la habitación y recogió sus sandalias. El silencio de la casa reinó durante largos segundos, y aprovechó para reorganizar sus emociones y apartar a un lado la decepción que sentía.

—¿Me sirven para caminar hasta los molinos de viento? —preguntó señalando su calzado—. Me temo que no tengo nada más adecuado.

—Está bien. Hay una senda que lleva hasta allí.

—Estupendo.

—¿Estás segura de que estás bien? —le preguntó, arqueando las cejas.

–Sí, tan solo un poco cansada. Nada que no se arregle con un buen desayuno.

Brooke se alegró de que Elena apareciera en aquel momento con las bolsas de la compra. Con Elena trajinando en la cocina, evitaron adentrarse en terreno pantanoso, y se limitaron a hablar de lo que iban a desayunar.

Una hora más tarde estaban de camino a los molinos. La carretera que venía desde el pueblo y pasaba por la villa de Nic acababa a tres kilómetros más allá. A continuación arrancaba una senda estrecha flanqueada de ramas de árboles y piedras que llevaba hasta los tres molinos de viento que había visto al llegar a Ítaca. Nic caminaba a buen ritmo por el terreno irregular, obligándola a fijarse donde pisaba, y el silencio se instaló entre ambos. Por una vez, Brooke se alegró de que no hubiera conversación porque tenía demasiados pensamientos contradictorios en la cabeza.

–Hay bastantes molinos de viento en Ítaca.

Los arbustos que bordeaban el camino dieron paso a una extensión plana y rocosa. Ante ellos tenían a los tres molinos en desuso.

–El maíz y el trigo venían de todos los rincones de las islas para ser molido aquí por el constante viento que hay en esta zona.

Al pie de aquellas torres achaparradas, Nic señaló hacia el interior del molino.

–Como puedes ver, el terremoto de 1953 provocó que la muela y el eje se rompieran y cayeran al fondo.

–Fascinante.

Pero no estaba del todo atenta a lo que tenía delante. Un momento antes, había tropezado con una piedra semienterrada y Nic la había tomado del brazo para evitar que se cayera. Todavía no había retirado la mano.

–Gracias por enseñarme esto. Las vistas son espectaculares. Entiendo por qué te gusta venir a la isla.

–Cuando volvamos de los molinos, creo que deberíamos ir en barco hasta Vathay para comer.

Era evidente que quería que estuvieran ocupados para evitar que se repitiera lo de aquella mañana.

Brooke no estaba segura de querer pasar una tarde amena con él mientras su corazón se estaba rompiendo en pedazos. A pesar de que había transcurrido un mes desde que había roto con ella, seguía sin creerse que lo suyo hubiera terminado. Aquella mañana, por fin se había enfrentado a la realidad. Nic iba a casarse con otra mujer con la que construiría una vida.

–Si no te importa –dijo Brooke–, creo que prefiero quedarme en la terraza a leer. Pero ve tú y haz lo que quieras.

Él frunció el ceño, sorprendido.

–Si eso es lo que quieres…

–Sí.

–Está bien.

Durante los siguientes quince minutos, la inundó de explicaciones acerca de las consecuencias del terremoto de 1953 y de otros interesantes datos de la isla. Brooke respondió asintiendo y sonriendo cortésmente cada vez que se detenía para comprobar que lo estuviera escuchando. Al rato, no supo qué más contarle y tomaron el camino de vuelta. Tuvieron que caminar en fila india hasta la carretera. Una vez en ella, caminaron uno al lado del otro sin hablarse. Cuando quedaba poco más de un kilómetro para llegar a la villa de Nic, fue él el que rompió el silencio.

—Sobre lo de esta mañana…

—Déjalo.

—Me equivoqué al besarte —continuó él—. Te estaba enviando mensajes contradictorios y eso no es justo.

—Fue culpa mía. No debería haber ido a verte mientras dormías ni haberme arrojado a tus brazos. La mayoría de los hombres habrían aprovechado la situación, pero tú te supiste contener.

—No he sido justo contigo. Si te hubiera dicho desde el principio quién era, nunca habrías sentido nada por mí.

Brooke no podía creer lo que estaba escuchando. Había perseguido durante cinco años a aquel hombre, le había ofrecido su corazón y no había logrado nada a cambio hasta que seis meses atrás la había besado. Él la había besado. No se había arrojado a sus brazos ni lo había provocado como había hecho en otras ocasiones. De hecho, aquella noche ni siquiera había estado flirteando con él. Había sido él el que la había sacado de la fiesta de Glenn y la había besado apasionadamente.

—Nunca fue mi intención hacerte daño.

—No lo has hecho.

No estaba enfadada con él, tan solo decepcionada consigo misma. ¿Cómo podía haber sido tan estúpida durante tanto tiempo?

–Lo que me molesta es no haberte hecho caso cuando decías que no estábamos hechos el uno para el otro. Yo sola me he buscado los problemas. Ten la conciencia tranquila.

Brooke comenzó a caminar más deprisa para distanciarse de Nic. Él alargó los pasos para alcanzarla.

–¿Es esto alguna clase de estratagema?

–Supéralo –estalló Brooke–. Yo ya lo he hecho. Me has convencido de que es una tontería aferrarse a algo que no puede ser. Así que, enhorabuena, nunca más te pediré nada.

Su ira no tenía sentido, pero en ese momento era la única manera de lidiar con su profunda tristeza. No podía llorar, todavía no, así que se refugió en la furia. Aquel era un lado que nunca había mostrado a Nic. Siempre se había mostrado divertida y relajada a su lado.

Nic la tomó del brazo para obligarla a aminorar la marcha.

–No quiero que lo nuestro termine así.

–¿Que termine cómo, enfadada contigo? ¿Cómo crees que me sentí hace un mes cuando me dijiste que había sido un error acostarnos?

–Me equivoqué al no contarte la verdad de lo que estaba ocurriendo. Lo siento.

El intenso brillo de sus ojos derribó sus defensas. De repente, sintió un arrebato de compasión que trató de ignorar. No quería aceptar que él fuera tan víctima de las circunstancias como ella. Con una enérgica sacudida de cabeza, se soltó y echó a andar de nuevo.

—Lo que ha pasado no es justo para ninguno de los dos —dijo él siguiéndola—. ¿Crees que si pudiera no te elegiría a ti?

Brooke se volvió y continuó caminando de espaldas.

—El problema es que tú no me has elegido. Lo cierto es que nada te obliga a volver a casa y hacer tan enorme sacrificio por tu país. Lo has decidido tú y por una cuestión de honor te sientes obligado. Es por cómo eres y por eso te amo. Pero no justifiques tu decisión con las circunstancias ni con las expectativas de tu familia.

Y dejándolo allí en mitad de la carretera, Brooke volvió corriendo a la villa.

Capítulo Seis

Nic estaba tumbado de espaldas, cubriéndose los ojos con el antebrazo. La luz de la luna bañaba su habitación, pero no se molestó en cerrar las contraventanas. Una suave brisa acarició su pecho desnudo y le trajo a la memoria las caricias de Brooke de aquella misma mañana.

Se sentía abatido por el remordimiento que llevaba intentando contener sin éxito durante las últimas doce horas. Cualquier otro hombre se habría llevado a Brooke a la cama en vez de castigarse con un largo paseo turístico para enseñarle los molinos de viento. La había rechazado no una sino dos veces aquella mañana, sin pararse a pensar en el dolor que le había causado.

Brooke había comido sola en la terraza y las pocas veces que le había hablado durante la cena, se había mostrado muy estirada. No podía culparla por estar enfadada. Nada más dejar los platos en el fregadero, se había marchado y él había sentido alivio.

Resopló impaciente y se incorporó. Dormir sin la ayuda del alcohol le había resultado difícil antes de que Brooke llegara. Ahora, sabiendo que dormía a pocos metros de él, le resultaba imposible. Siempre que no podía dormir, trabajar le ayudaba, pero en aquel momento, no contemplaba esa posibilidad. Aun así, todavía no había leído los cuarenta correos electrónicos de su buzón de entrada. Quizá unas cuantas horas respondiendo preguntas le ayudara a apartar la mente de sus problemas.

Bajó descalzo la escalera y se detuvo poco antes de llegar al final, con la sensación de que no estaba solo.

A través de las puertas correderas abiertas, la luna llena se alzaba sobre el puerto e inundaba el cuarto de estar hasta tocar el sofá. Junto al rayo de luz, había una sombra acurrucada: Brooke.

Se quedó sin respiración y todo su cuerpo se puso en alerta. Aquella no era bueno, nada bueno. Un encuentro con ella en mitad de la noche era una tentación a la que no estaba preparado para enfrentarse.

–¿Cómo es que no estás en la cama? –preguntó, dando un par de pasos hacia el sofá.

Estaba lo suficientemente cerca como para percibir su olor a vainilla y oír su respiración irregular. Puso un brazo en jarras y se frotó la nuca con la otra mano.

–No podía dormir –respondió ella en medio de la oscuridad–. No puedo dejar de pensar en lo que te he dicho antes. Estás haciendo lo correcto respecto a tu familia y tu país.

–Todo esto es culpa mía. Has hecho un largo viaje sin saber quién era o lo que estaba pasando en mi familia.

Si las circunstancias hubieran sido diferentes…

Pero no era justo mostrarse condescendiente con ella. Las circunstancias eran las que eran y había tomado su decisión conforme a lo que le habían enseñado.

—Aun así, no debería haberte hecho sentir culpable.

—No lo has hecho.

Nic avanzó dos pasos más y se detuvo. ¿Qué estaba haciendo? El deseo de tomarla entre sus brazos y reconfortarla lo aturdía. Su cuerpo deseaba fundirse con el suyo.

—Solo quería que por una vez me eligieras a mí.

Aquellas palabras fueron como un puñetazo en el estómago. Se había portado como un canalla con ella. ¿Cuántas veces la había rechazado cuando lo único que había pretendido había sido ayudarlo con un problema? ¿Y qué si sus métodos parecían ilógicos e ineficaces?

Pero ya era demasiado tarde para compensarla.

—Deberías volver a la cama. Mañana te espera un lago vuelo de regreso a California.

Su sombra se movió al sacudir la cabeza.

—No voy a volver a casa mañana.

—¿Adónde vas a ir?

—Todavía no lo sé. Aún me quedan unas cuantas semanas antes de que tenga que volver a la Universidad de Santa Cruz. Quizá me vaya a Roma a ver a unos amigos.

—¿Y la entrevista de Berkeley?

—Es pasado mañana.

—Pero me dijiste que faltaban semanas.

—Han adelantado la fecha.

—¿Por qué no me lo has dicho?

—Pensaba que si te lo decía, me meterías en el

primer avión de vuelta, y quería pasar estos dos días contigo.

Dos días en los que lo único que habían hecho había sido discutir y él no había hecho más que apartarla de su lado.

–¿Por qué no te vas directamente a casa para la entrevista? Desde que te conozco, siempre ha sido tu sueño dar clases en Berkeley.

–Los planes cambian. Creo que no es buen momento para tomar ese trabajo.

–¿Vas a renunciar a algo tan importante como Berkeley por mí?

–Parece una tontería, ¿verdad? –dijo ella sin un ápice de amargura.

Nic apretó los puños. Le iba a ir mucho mejor sin él.

Y a él, mucho peor.

–Deberías seguir tu propio consejo e irte a la cama. Parece que tu madre tiene planeada una semana agotadora. Será mejor que estés bien descansado.

Nic tenía la impresión de que quería que se fuera. Le temblaban los labios. Brooke no dejaba de sorprenderle. Después de asaltarle aquella mañana, casi esperaba que volviera a hacer lo mismo esa noche.

Por la manera en que se había comportado con ella esa mañana, tenía que saber que cada vez le resultaba más difícil resistirse. Con cada latido de su corazón, la idea de llevarla arriba y meterla en su cama más que un error, le parecía lo más adecuado.

–¿Qué vas a hacer? –preguntó él, consciente de que prolongar la conversación era una estupidez.

–Quedarme aquí sentada.

–No podré dormir sabiendo que te quedas aquí.

–Nunca ha sido un problema para ti tenerme lejos de tus pensamientos.

–Nunca te había tenido en pijama en mi sofá.

–Buenas noches.

Subió la escalera sintiéndose un estúpido y dejó la puerta de su habitación entreabierta a modo de invitación antes de dejarse caer en el colchón. La casa estaba en silencio salvo por la suave brisa que mecía las cortinas de su ventana.

Nervioso, no dejaba de mirar hacia la puerta, esperando ver su silueta. Después de unos minutos, Nic se obligó a cerrar los ojos, pero no pudo tranquilizarse. Su cabeza no dejaba de recordar los últimos dos días.

Se levantó de la cama y bajó la escalera. No le sorprendió encontrarla donde la había dejado.

–Eres la mujer más testaruda que he conocido jamás. No sé qué demonios esperas de mí.

Incluso su madre había dejado de intentar retenerlo en Sherdana cuando había querido marcharse a un hangar de aviones en el desierto de Mojave. Pero, durante años, Brooke había ido formando parte de su vida hasta llegar a un punto en el que no podía celebrar sus logros ni asumir sus fracasos sin incluirla a ella.

–Mis expectativas forman parte del pasado –dijo ella, poniéndose de pie.

Y era eso lo que estaba matando a Nic.

Permanecieron en silencio mirándose hasta que Brooke suspiró. Al hacerlo, su pecho subió y bajó, llamando la atención de Nic sobre su escote. Al recordar el sabor de sus pechos, contuvo un gemido.

—Brooke.

—No.

Brooke hizo ademán de pasar a su lado, pero Nic la tomó de la muñeca para detenerla.

—Creo que ya te he dejado claro esta tarde que he renunciado a ti.

—Muy claro —replicó él sujetándole el rostro con la mano.

—Entonces, ¿qué estás haciendo?

—Desear que no hubieras tenido que hacerlo.

Acercó su boca a la suya y unió sus labios en un beso. Ella se puso rígida e hizo amago de retroceder. Nic no podía dejar que eso sucediera justo cuando había decidido olvidarse de sus principios y la ansiedad con la que la deseaba lo estaba devorando por dentro.

La agarró con más fuerza por la muñeca y lentamente se la llevó a la espalda, obligándola a echar hacia delante las caderas para que sintiera su erección. Al rozarla, jadeó. El beso se hizo más profundo y empujó la lengua para saborearla. Ella separó los labios y un suave gemido escapó de su boca a la vez que se retorcía, aunque Nic no supo si lo hacía para escapar o para acercarse aún más.

—Te deseo —murmuró él, besándola en el cuello.

Brooke se estremeció, pero sus músculos permanecieron tensos. Su respiración entrecortada empujaba sus pechos contra él.

—Maldito seas, Nic.

Por su voz y la manera en que ladeaba la cabeza para ofrecerle su cuello, era evidente que a la vez que furiosa, estaba excitada.

—Es demasiado tarde para que cambies de idea —añadió Brooke.

—Será demasiado tarde cuando lo diga yo.

Soltó su muñeca y le puso la mano en su trasero respingón. Luego, lo apretó suavemente.

Ella jadeó, apoyó las manos en su pecho y empujó. Parecía un gato enfrentándose a un mastín.

—Esto no es justo.

—¿Justo? ¿Quieres hablar de justicia? Me has estado atormentando durante cinco años viniendo a verme al hangar con aquellos pantalones cortos y echándote sobre mí para ver lo que hacía. ¿Sabes lo difícil que me resultaba no ponerte las manos encima?

—Tú nunca… No tenía ni idea.

Brooke se arqueó hacia atrás y lo miró a los ojos.

—Era lo que pretendía, pero no fue fácil —dijo acariciando sus rizos pelirrojos—. Y tampoco divertido.

Brooke no salía de su asombro con la confesión de Nic.

Aprovechándose de su silencio e inmovilidad, Nic se inclinó para besarla otra vez, pero Brooke se volvió en el último segundo. A pesar de que era eso lo que había deseado desde que compró el billete de avión, no era la misma mujer que cuando había dejado San Francisco.

A Nic no le desanimó su evasiva. La besó en la mejilla antes de tomar entre los dientes el lóbulo de su oreja. Las rodillas se le doblaron al sentir su aliento en el oído y sus manos recorriéndole la espalda.

–¿Qué pasa? –preguntó mientras deslizaba los labios por el hueco de su clavícula.

–Quieres que me dé por vencida, como antes querías que te dejara en paz. Siempre es lo que tú quieres.

Nic la soltó, puso los brazos en jarras y se quedó mirándola muy serio.

–Pensé que esto era lo que ambos queríamos.

Una suave brisa sopló desde la terraza y Brooke sintió frío. El rayo de luna se extendía por el suelo y bañaba el espléndido torso de Nic con su blanco resplandor. La boca se le secó al reparar en cómo su pecho subía y bajaba al compás de su respiración.

El pulso se le aceleró y sintió las palpitaciones en la muñeca, el cuello y la entrepierna. Sus ojos se encontraron con los de él y no pudo evitar dejarse llevar por el hipnótico poder de su mirada. A sus oídos llegó el sonido de un torrente de agua, incesante al atravesar piedras y árboles caídos. En otra época, ella había sido así, incontenible y arrolladora. Pero había dejado que sus dudas la contuvieran.

¿De veras iba a seguir enfadada con él y desperdiciar otro segundo más del poco tiempo que le quedaba, lamentando las cartas que el destino le había repartido?

Le ofreció su mano y él entrelazó los dedos con los suyos antes de tirar de ella hacia la escalera. Sin mediar palabra, entraron en la habitación de él y se dejaron llevar por una lenta danza de manos, labios y lenguas. Los pijamas acabaron en el suelo y Brooke se tendió en la cama de Nic bajo su imponente cuerpo mientras se besaban y exploraban mutuamente.

Al sentir sus manos deslizarse por los costados hasta sus pechos, se quedó sin palabras. No recordaba haberse sentido tan ligera y pesada a la vez. Arqueó la espalda y empujó los pezones contra sus manos. Nic dibujó círculos sobre ellos, provocándole una mezcla de dolor y placer antes de llevárselos a la boca.

Aquellas sensaciones hicieron que Brooke comenzara a retorcerse y jadear. Estaba ansiosa de que Nic la acariciara más íntimamente, pero sus sentidos estaban alterados y su cuerpo lánguido. Sintió cómo su mano subía por el interior de su muslo con tormentosa precisión y se concentró en sus avances con la respiración cada vez más débil. Cuando su dedo se hundió en su calor húmedo, sus pulmones se habían olvidado de funcionar. Permaneció tumbada con los ojos cerrados, mientras sentía que la cabeza le daba vueltas al penetrarla con un dedo, y luego con dos, provocando que se agitaran sus caderas y que de su garganta escapara un primer gemido estremecedor.

Luego, su mano fue sustituida por su boca y continuó dándole placer con la lengua y los labios. Deslizó las manos bajo su trasero y la levantó para impedir que rechazara sus besos. Ella trató de retorcerse y esquivar aquella lengua que tanto placer le estaba dando, pero Nic clavó sus dedos en su piel y la mantuvo inmóvil. No le quedó más remedio que rendirse al lento y tentador avance del éxtasis.

Nic no le había hecho el amor así la primera vez que habían estado juntos. Cinco años deseándolo, habían hecho que su encuentro fuera apasionado e impaciente. Aquella noche, Nic la había hecho correrse tres veces, hundiendo su cuerpo en el suyo y llenándola completamente.

Esta vez era diferente. Como si fueran conscientes de que aquella era su última vez juntos, le hizo el amor primero con los ojos y luego con las manos. Las suaves caricias de sus labios calmaron su alma y prendieron fuego a su piel. No dejó de susurrarle palabras bonitas mientras con los dedos recorría todo su cuerpo. Cuando tomó el preservativo y se colocó entre sus muslos, Brooke no sabía dónde empezaba ella y dónde acababa él. La penetró lentamente, dándole un tiempo que no necesitaba para que se ajustara a él.

Al embestirla por segunda vez, Brooke se aseguró de que no dejara de empujar hasta que estuviera completamente dentro de ella. Él gimió y hundió el rostro en su cuello, mientras ella le clavaba las uñas en la espalda. Durante largos segundos, ninguno de los dos se movió. Brooke llenó sus pulmones de su olor y cerró los ojos para memorizar la sensación de sentir su potente cuerpo.

De manera comedida y deliberada, Nic empezó a moverse dentro y fuera, haciendo que el placer aumentara. La besó con ardor, entrelazando violentamente sus lenguas. Sus caderas se movían al unísono con desesperada urgencia. Brooke deslizó los dientes por su cuello y Nic se retorció con fuerza cuando lo mordió. El movimiento golpeó su vientre, allí donde su hijo crecía, lanzándola en espiral hacia el orgasmo. Debió de aferrarse a él porque, de repente, Nic aceleró el ritmo. Brooke fue la primera en correrse, sin dejar de pronunciar su nombre. Él se hundió en ella con desesperación y, unos segundos más tarde, alcanzó el orgasmo.

Lo que siguió fue el beso más profundo y emotivo que le había dado nunca. Brooke se abrazó a él mientras su cuerpo se sacudía y sintió que aquel momento tierno y dichoso le robaba el corazón.

—Increíble.

Nic hundió el rostro en su cuello, su respiración irregular y entrecortada. Ella lo rodeó por los hombros, orgullosa de que aquel hombre formidable se hubiera quedado sin fuerzas entre sus brazos. Sonriendo, acarició su espalda hasta hundir los dedos en su pelo.

—¿Peso mucho? —le preguntó susurrando junto a su hombro.

—Un poco, pero no quiero que te apartes todavía.

Temía que cualquier movimiento interrumpiera aquel momento de perfecta armonía.

—Estupendo. Me gusta donde estoy.

Permanecieron así un buen rato, con las piernas entrelazadas. Brooke no recordaba haber disfrutado tanto estando tan quieta. No quería hablar ni pensar, tan solo sentir.

Pero como con todo, el fin era inevitable. Nic dejó escapar un suspiro y se apartó de ella para quitarse el preservativo, antes de tirar de las sábanas para cubrir sus cuerpos. La brisa había cambiado de dirección y el aire parecía más fresco que una hora antes.

Con la cabeza apoyada en su hombro y los dedos de Nic acariciándole la nuca, la calma que había experimentado antes no regresó.

—Puedo sentir tus pensamientos —dijo Nic con los ojos cerrados y una medio sonrisa en los labios.

—Eso no tiene lógica.

—Si tuviera lógica, no estaría aquí desnudo contigo entre mis brazos.

—Supongo que no.

—¿Qué tienes en la cabeza?

No quería compartir sus pensamientos, así que dijo lo primero que se le vino a la cabeza.

—Estaba pensando en hacerme con un gato cuando vuelva a casa.

—¿De verdad? —preguntó sorprendido—. Creía que Glen me había contado que tuvisteis perros.

—Así es, pero los perros requieren más cuidados y algunos días se me hace muy tarde con las clases. Creo que será mejor un gato.

—Me gustan los gatos.

No se imaginaba a Nic preocupándose por algo que requiriera atención continua.

—¿Ah, sí? Una serpiente te iría mejor.

—¿Una serpiente?

—Claro, solo tendrías que darle de comer una vez por semana.

—Nada de serpientes —dijo, y bostezó—. Mucho mejor un gato.

—Pero un gato se paseará por tu mesa de trabajo y te lo revolverá todo. Te despertará en mitad de la noche en busca de atención y caricias. Y cuando le des órdenes, no te hará caso y te ignorará cuando lo llames.

Nic abrió un ojo y sonrió.

—Sí, un gato, mi incordio favorito.

Brooke tardó un par de segundos en darse cuenta de que estaba relacionando su comportamiento con lo que acababa de decir sobre los gatos. Como represalia, le dio un codazo en las costillas y él comenzó a hacerle cosquillas en las rodillas. Al poco, aquel divertido forcejeo terminó en sexo.

Mucho más tarde, en las horas previas al amanecer, Brooke permanecía despierta mientras Nic dormía profundamente. No quería pensar en el futuro. Con cada segundo, el tiempo que le quedaba con él se acortaba, así que en vez de dormir prefirió saborear el calor de su abrazo a la espera de que se hiciera de día.

Las náuseas comenzaron nada más salir el sol por el horizonte. Respiró hondo al sentir las primeras arcadas y consiguió calmar su estómago. Decidió irse a su habitación.

Durante la noche de insomnio, había decidido no decirle que estaba embarazada. Si no le hubiera hecho el amor con tanta pasión, habría aceptado que pudieran seguir siendo amigos, separados por la distancia y las circunstancias. Pero tenían que poner final a su relación. Lo mejor para ambos sería que no supiera la verdad. Antes de que se le revolviera el estómago otra vez, Brooke se apartó de Nic y salió de su cama. La cabeza le daba vueltas al ponerse de pie y recoger el pijama. Desnuda, salió corriendo de la habitación y bajó la escalera.

Si Elena se sorprendió al verla pasar, Brooke nunca lo supo porque lo único que le preocupaba era cruzar la terraza hasta el pabellón de invitados y llegar a tiempo al baño. Jadeando, se lavó la cara con agua fría y esperó a que se le pasaran las náuseas. Cuando lo peor hubo pasado, se metió en la ducha.

Acababa de vestirse y estaba haciendo la maleta cuando llamaron a su puerta. Con el corazón acelerado, abrió esperando ver a Nic y se sorprendió al ver a Elena con una tetera en una bandeja.

–El té de jengibre es bueno para las náuseas –dijo dejando la bandeja en el tocador–. Tengo entendido que se va a Sherdana hoy.

–Nic se va a Sherdana, yo me voy a Italia.

Había perdido interés en ir a visitar a sus amigos de Roma. Lo que más le apetecía era volver a casa junto a su familia y amigos y empezar a sobreponerse.

–Avíseme si necesita algo antes de que se vaya.

Capítulo Siete

Amanecer en una cama vacía no había sido un buen comienzo de día, pero tenía que ir acostumbrándose porque no volvería a despertarse con la sonrisa de Brooke a su lado. Cuando terminó de ducharse y subió a la primera planta, el sol brillaba en lo alto. Elena estaba limpiando el polvo del impecable mobiliario. Lo miró con desagrado mientras se servía una taza de café y no pudo evitar preguntarse a qué vendría aquella mirada hostil.

–¿Ha visto a Brooke esta mañana? –preguntó Nic acercándose a la puerta de la terraza y mirando hacia el pabellón de invitados.

El trayecto hasta el aeropuerto de Kefalonia duraría cuarenta y cinco minutos en barco y una hora más por tierra. Iban a tener que marcharse enseguida.

–Ha desayunado y luego se ha ido a acabar de hacer las maletas.

–¿Sabes si Thasos tiene listo el barco?

Elena asintió.

–Es una buena chica. No debería dejar que se fuera sola a Italia.

–Se va a visitar a unos amigos –le explicó, sin poder evitar sentirse culpable–. Sabe cómo arreglárselas sola. Vivió en Roma y Florencia un año.

—Debería llevársela a casa.

A Nic le sorprendió aquel comentario de Elena. Llevaba toda la mañana pensando lo mismo. Por desgracia, eso no era posible. El sentido común le decía que debía distanciarse de Brooke cuanto antes, pero no le agradaba la idea de dejar que se fuera.

Si no se metía en un avión con destino a California, pasaría las dos semanas siguientes preocupado de que estuviera viajando sola por Europa en vez de concentrarse en sus asuntos y en encontrar una esposa. Pero no tenía tiempo para acompañarla a la puerta de embarque y asegurarse de que se fuera a San Francisco. Le esperaban aquella misma tarde en Sherdana.

Nic sintió que se le encogía el corazón. Se estaba haciendo un flaco favor mintiéndose. No estaba preparado para la despedida.

—Necesito hacer una llamada —le dijo Nic a Elena—. ¿Podría decirle a Brooke que saldremos en diez minutos?

Llamó a Gabriel y, en cuanto su hermano contestó, fue directamente al grano.

—Voy a volver a casa con alguien. Ha venido desde lejos para verme y no quiero dejarla sola en Grecia.

—¿Una mujer? —dijo Gabriel, sin poder disimular su curiosidad—. Espero que esto no cause problemas.

Nic sabía exactamente a qué se refería su hermano y decidió no andarse por las ramas.

—No es mi intención. Es la hermana de Glen. Ya te he hablado de ella unas cuantas veces.

–¿La mujer que te vuelve loco?

Gabriel parecía intrigado.

–La que ha volado hasta aquí para convencerme de que vuelva al proyecto Griffin.

–¿Solo al proyecto?

–¿Qué se supone que significa eso? Es la hermana pequeña de Glen.

Nic no pretendía ponerse a la defensiva, pero los acontecimientos de la noche anterior todavía alteraban sus emociones.

–Me has hablado de ella más que de ninguna otra mujer con la que hayas estado.

–Sé adónde quieres ir a parar, pero no es esa la cuestión. Las cosas se complicaron entre nosotros, pero ya está todo solucionado.

–¿A qué te refieres con que se complicaron?

–No le había contado quién era hasta que vino a buscarme y eso le molestó. No debería haberle mentido. Hemos sido amigos durante mucho tiempo.

–¿Por qué no se lo dijiste?

Nic se frotó las sienes al empezar a sentir dolor.

–Sé que te va a costar entenderlo, pero me gusta ser un científico más, trabajando anónimamente en lo que mejor se me da.

–Tienes razón, no lo entiendo. Crecí sabiendo que me debía a mi país. Nunca te gustó ser el centro de atención, así que no le dijiste que eras un príncipe. ¿Crees que habría cambiado algo si lo hubiera sabido desde el principio?

–Brooke valora a las personas por cómo se comportan, no por lo que son ni por lo que tienen.

Gabriel rio.

—Parece que es tu tipo de mujer. Estoy deseando conocerla.

—Sinceramente, no es eso. Entiende mi situación.

No quería que su hermano transmitiera una idea equivocada a sus padres.

—¿Sabe que vuelves a casa a buscar una esposa? ¿Y aun así está dispuesta a acompañarte?

—No he hablado con ella esta mañana. Todavía no sabe que va a venir conmigo a Sherdana.

—Bueno, va a ser una cena familiar muy interesante —dijo Gabriel—. Me aseguraré de que le preparen un sitio en la mesa junto a mamá —añadió, y antes de que su hermano pudiera protestar, colgó.

Nic dudó si llamarlo, pero decidió que solo serviría para aumentar el interés de su hermano por Brooke. Lo mejor sería mostrarse frío y calmado con su familia para evitar las especulaciones.

Después de recoger su bolso de viaje de su habitación, se dirigió hacia los escalones por los que Brooke había aparecido dos días antes. Llevaban colina abajo hasta un muelle privado. Brooke ya estaba en el barco, sentada al otro lado del puesto del capitán, y al verlo, sonrió.

Thasos encendió el motor en cuanto Nic subió a bordo y rápidamente desató los cabos. Nic se sentó en el banco de la parte trasera del barco y observó cómo Brooke fingía no estar interesada en él. Conocía las señales. Durante años, había estado dándole la impresión de que era inmune a su presencia, algo que le resultaba imposible. Cada vez que entraba en una habitación, la iluminaba. Seguramente, permanecer quieta le resultaba difícil, aunque cuando se lo proponía, podía quedarse abstraída leyendo o escribiendo durante horas.

Habían compartido muchas tardes mientras ella trabajaba en su segundo doctorado. Le gustaba sentarse en el sofá de su estudio, escribiendo en el ordenador o enfrascada en un libro. Era un milagro que consiguiera sacar adelante trabajo cada vez que ella iba a visitarlo durante los fines de semana. La mayoría del tiempo lo pasaba fingiendo estar trabajando, cuando lo cierto era que no dejaba de observarla.

Cuarenta y cinco minutos después de abandonar Ítaca llegaron al puerto de Fiskardo. Un coche los estaba esperando para llevarlos al aeropuerto a las afueras de Argostoli, la capital de Cafalonia. Sin tráfico, tardarían algo menos de una hora en recorrer los treinta kilómetros.

Thasos llevó el equipaje hasta el coche y se despidió con la mano antes de volver al barco. Tan pronto como desapareció de la vista, Nic se volvió a Brooke.

—No me siento cómodo marchándome a Sherdana y dejándote sola.

—Por el amor de Dios, Nic. Soy perfectamente capaz de cuidarme sola.

—Lo sé. Es solo que después de lo que ha pasado estos últimos días…

—Detente ahora mismo —dijo interrumpiéndolo muy seria—. ¿Después de lo que ha pasado? No soy una delicada flor aplastada por la decepción.

–Aun así, no voy a dejarte tirada en Grecia. Te vienes conmigo a casa.

Después de cinco años de bromas y halagos, de acosos y ruegos, Brooke pensaba que conocía bien a Nic. Sabía que prefería trabajar en solitario, que odiaba los dramas y que rara vez se desviaba de su objetivo una vez tenía su mente puesta en algo. Pero aquel anuncio la sorprendió.

–¿Qué quieres decir con que me vas a llevar a casa contigo?

–Exactamente lo que he dicho. Vas a venir a Sherdana y desde allí me aseguraré de que tomes un vuelo a California.

Aquella aclaración no sirvió para aliviar el nudo del estómago de Brooke.

–Te garantizo que soy perfectamente capaz de encontrar un vuelo a California desde Grecia.

Debido a las náuseas matutinas que la aquejaban, había decidido renunciar a irse de vacaciones a Italia. Deseaba volver a su entorno y rodearse de su familia y amigos.

–No te lo pongas más difícil.

–¿No es eso lo que debería estar diciéndote? –preguntó Brooke, y al ver que no comprendía lo que quería decir, añadió–: ¿Has pensando en lo que pasará cuando lleguemos? ¿Qué piensas hacer conmigo hasta que salga el avión hacia Estados Unidos, dejarme esperando en el aeropuerto, alojarme en un hotel? O quizá piensas que estaría más cómoda en el palacio.

–Mi hermano me ha dicho que ha dado instrucciones para que cenes con nosotros y te coloquen al lado de mi madre.

Al oír aquella contestación tan alejada de su sarcasmo habitual, Brooke se quedó atónita.

Un brillo travieso iluminó los ojos de Nic al verla boquiabierta.

–No puedo cenar con tu familia –dijo al borde del pánico.

–¿Por qué no?

–No tengo nada que ponerme.

–Yo te veo muy bien.

Con los ojos entornados, su mirada recorrió su cuerpo, provocando una reacción en cadena de deseo y anhelo. Brooke se había vestido de acuerdo al calor de aquella mañana de julio con un vestido blanco y azul de algodón, corto y de escote pronunciado. Su aspecto era adecuado para viajar en avión desde una isla griega a Roma, Londres o cualquier otra ciudad desde la que pudiera conectar con un vuelo a California. Pero no para ir a Sherdana y conocer a la familia de Nic.

–¿Por qué quieres llevarme contigo?

–Porque no estoy preparado para separarme de ti –contestó acariciándole la mejilla–. Todavía no.

Brooke sintió un hormigueo allí donde había rozado su piel. En sus ojos vio arrepentimiento y el corazón se le encogió. Una sensación de calor se extendió desde su vientre al recordar lo que había pasado entre ellos la noche anterior. ¿Cómo iba a marcharse como si tal cosa?

Apretó los puños para ocultar el temblor y calculó que tenía media hora para tratar de que cambiara de opinión.

—¿Has pensado en el disgusto que se llevarán tus padres si te ven aparecer con una desconocida?

—Tú no eres una desconocida. Eres la hermana de Glen.

—¿Y cómo vas a explicar qué estaba haciendo contigo en la isla?

—Ya he hablado con Gabriel y se lo he explicado.

¿Le habría explicado la verdad o una versión más diplomática?

—¿No crees que sospecharán de nuestra relación?

—¿Por qué iban a hacerlo? Le he hablado mucho de ti a mi familia. Saben que eres la inquieta hermana pequeña de Glen, a la que conozco desde hace cinco años.

Brooke se relajó un poco.

—Está bien, quizá podamos hacerlo. Después de todo, Glen nos conoce mejor que nadie y no tiene ni idea de que haya algo entre nosotros.

Si habían podido engañar a Glen, conseguirían que su familia no se diera cuenta de la relación que mantenían.

—Lo sabe.

Brooke sacudió la cabeza.

—Imposible —replicó recordando las conversaciones que había tenido con su hermano durante el último mes—. No me ha dicho nada.

—Conmigo ha hablado mucho —dijo Nic tenso.

Brooke se imaginaba la conversación. Glen era el mejor hermano mayor que podía tener. Nacido dieciocho meses antes que ella, nunca le había importado que se mezclara con sus amigos. Los chicos la habían tratado como a uno más de ellos y siempre lo habían pasado muy bien juntos hasta que Glen se había graduado en el instituto y se había marchado a estudiar al Instituto Tecnológico de Massachusetts, en donde había conocido a Nic.

—Al día siguiente de estar juntos, tu hermano me arrinconó en el laboratorio y me amenazó con meterme en un cohete si te hacía daño.

—Con razón saliste corriendo nada más cortar conmigo.

Enseguida se arrepintió de aquel comentario, que pretendía ser gracioso. Lo cierto era que se había marchado nada más explotar el cohete.

—Lo siento —añadió rápidamente, y bajó la vista a sus manos—. No debería haber dicho eso.

Nic la tomó de la barbilla y la obligó a mirarlo a los ojos.

—Quiero que conozcas mi país.

¿Y qué pasaría después? Conocería a la familia real y, de nuevo, otra despedida. Al entregarse una última noche a sus brazos, se había expuesto al sufrimiento una vez más. ¿Acaso no podía controlarse? ¿No había aprendido ya la lección?

El deseo de sus ojos igualaba el anhelo que sentía en su corazón.

—Claro —murmuró rindiéndose a lo que ambos querían—. ¿Por qué no?

—Entonces, estamos de acuerdo.

Una hora más tarde, embarcaron en el lujoso avión privado y Nic la acompañó hasta un cómodo asiento de cuero junto a la ventanilla. Brooke se puso el cinturón. Cuando el avión empezó a rodar por la pista, sintió que se le encogía el corazón. No podía dejar de pensar en que debía de haber rechazado la invitación de Nic y haberse ido directamente a California.

En cuanto había puesto los pies en el avión, el comportamiento de Nic había cambiado. Se adivinaba la tensión en sus hombros y se le veía más distante que nunca. Siempre había sido sexy, guapo y seguro de sí mismo, pero en aquel momento destilaba poder y sofisticación. Acomodado en aquel lujoso avión, con sus grandes manos moviéndose sobre el teclado del ordenador, se le veía confiado, desenvuelto y… regio. Tenía que aceptar que Nic ya no era el científico que conocía ni el ardiente amante de la noche anterior. Sintiéndose impotente, Brooke se quedó mirándolo sin saber muy bien en quién se había convertido.

Tal vez, no iba a resultarle tan difícil separarse de él en Sherdana. Aquel Nic no era el hombre del que se había enamorado. Un escalofrío recorrió su espalda al sentir su mano sobre la suya. Era evidente que su corazón no tenía ningún problema con el cambio de apariencia de Nic y el pulso se le aceleró.

—¿Estás bien? —preguntó él.

¿Para qué molestarse en decirle que aquella transformación le afectaba? ¿Con qué fin? Nunca sería suyo. Él se debía a su país.

—Vaya avión —contestó, balbuceando lo primero que se le vino a la cabeza—. ¿Es tuyo?

–Si por tuyo te refieres a si pertenece a la familia real de Sherdana, entonces sí.

–Bueno, supongo que te será muy práctico y que los periodistas lo conocerán muy bien como para que tu llegada no sea precisamente un secreto de estado.

–¿Qué quieres decir?

–Dejando a un lado el hecho de que no queremos llamar la atención, mi ropa no es muy adecuada. La prensa sentirá curiosidad cuando me vea. Por favor, ¿puedo quedarme en el avión hasta que no haya moros en la costa?

Parecía a punto de protestar, pero negó con la cabeza y suspiró.

–Como quieras. Mandaré a alguien para que te recoja en el hangar. De esa manera, nadie te hará preguntas que no quieras contestar.

Brooke reparó en cuáles podían ser las preguntas y la cabeza empezó a darle vueltas. Había pasado casi toda su vida estudiando. Glen siempre había disfrutado siendo el centro de atención. Se sentía cómodo hablando en público y sabía cómo ganarse a la gente con su encanto y su inteligencia. Lo había observado muchas veces en ruedas de prensa y se había maravillado con su soltura. Ni siquiera las difíciles preguntas que le habían hecho después de la explosión del cohete lo habían afectado. Había demostrado una perfecta combinación entre tristeza y determinación.

–Por la ropa no te preocupes –continuó Nic–. Estoy seguro de que mi hermana Ariana o la mujer de Gabriel, Olivia, podrán dejarte algo.

Así que unas princesas iban a dejarle ropa. Aquella familia a la que iba a conocer no era normal. Su madre era reina y su padre, rey. Nic era un príncipe. ¿Qué demonios estaba haciendo? De repente no podía respirar y se sujetó a los reposabrazos.

El sonido del tren de aterrizaje la sobresaltó. En pocos minutos aterrizarían. Nada de aquel viaje estaba yendo como había planeado. Se había subido al avión en San Francisco pensando que volaría a Grecia, le diría que estaba embarazada y volverían juntos para formar una gran familia.

De repente, estaba cayendo en la cuenta de lo estúpida que había sido. Aunque Nic estuviera enamorado de ella, no podía ofrecerle nada duradero.

—Necesito que me hables de tu familia para estar preparada —dijo, sintiendo que el estómago le daba un vuelco al tiempo que el avión perdía altura.

—Claro, ¿por dónde quieres que empecemos?

Tenía tantas preguntas en la cabeza, que se tuvo que tomar un momento para ordenarlas.

—Por tus padres. ¿Cómo debo dirigirme a ellos?

Capítulo Ocho

Nic salió del avión y dudó unos instantes antes de bajar la escalerilla. A unos diez metros, había una docena de periodistas dirigiendo las cámaras y los micrófonos hacia él. Se acercó a ellos como si fuera el hijo pródigo que volvía a casa y contestó varias preguntas antes de dirigirse a un Mercedes negro que le estaba esperando.

Aunque sabía que lo más prudente era separarse de Brooke, no le parecía que estuviera bien. Tenía la sensación de que yendo por separado al palacio, estaba reconociendo que había algo que ocultar. Pero ¿no era así? Durante el trayecto al aeropuerto, cuando le había preguntado por qué quería que fuera a Sherdana, le había contestado con sinceridad. No estaba preparado para dejar que se marchara.

Nic dejó atrás la nube de periodistas y vio una figura familiar junto a la puerta trasera del coche. Stewart Barnes, el secretario personal de Gabriel, le sonrió y le saludó con una inclinación de cabeza.

—Buenas tardes, alteza. Espero que hayáis tenido un vuelo agradable desde Grecia —dijo, y sus ojos azules se clavaron en el avión—. El príncipe Gabriel mencionó que veníais con alguien. ¿Ha cambiado de opinión?

–No, es solo que es un poco tímida. ¿Podría hacer que la recogiera un coche en el hangar?

–Por supuesto –respondió impasible, y abrió la puerta del Mercedes.

Puesto que las ventanillas eran tintadas, Nic no tenía ni idea de que hubiera alguien más aparte del conductor en el vehículo, así que cuando vio a Gabriel en el asiento trasero sonriéndole, se llevó una grata sorpresa.

–Dios santo, ¿qué estás haciendo aquí?

Nic abrazó a su hermano nada más cerrarse la puerta.

–¿Hace tres años que no vienes a casa y todavía preguntas por qué? Te he echado de menos.

El tono sincero de Gabriel lo pilló desprevenido. Los trillizos habían estado muy unidos de pequeños, pero las circunstancias de la vida los habían distanciado. Nic no se había dado cuenta de cuánto había echado de menos a su hermano hasta aquel momento.

–Yo también te he echado de menos. ¿Cómo está Christian? –preguntó justo cuando el coche empezaba a moverse.

–Impredecible, como siempre. Ahora mismo está en Suiza, tratando de convencer a una compañía para que construya su planta de nanotecnología aquí.

–Eso es maravilloso. ¿Cuándo vuelve?

–A tiempo para la boda o mamá se ocupará de arrancarle la piel a tiras.

–¿Y qué pasa con el resto de celebraciones y festejos?

116

Gabriel rio.

–Todos los ojos estarán puestos en ti.

Nic advirtió un cambio en su hermano. Aunque había sido tan travieso y curioso como Christian y Nic, al cumplir diez años había sido consciente de que algún día llevaría las riendas del país y se había vuelto serio y responsable.

–Te veo diferente –observó Nic–. No recuerdo que la última vez estuvieras tan…

–¿Feliz? –dijo, y su mirada se encendió–. Se llama dicha conyugal. Deberías probarla.

¿Una mujer era el motivo de aquel cambio en Gabriel?

–Estoy deseando conocer a tu esposa.

–Hablando de mujeres, ¿qué ha pasado con tu Brooke?

–No es mi Brooke. Se queda en el avión hasta que lo lleven al hangar.

–¿Idea tuya o de ella?

–De ella. Le preocupa no estar adecuadamente vestida y quiere ser discreta.

–¿Qué es lo que lleva para que no esté presentable? –preguntó Gabriel abriendo los ojos de par en par.

–Un vestido de algodón. Pero ¿qué sé yo de moda?

Los dos hombres siguieron hablando de acontecimientos recientes, como cuando la tía de las gemelas de Gabriel había aparecido en el palacio para impedir que se casara con Olivia.

–¿Y no sabes a dónde se ha ido? –preguntó Nic, asombrado del caos que aquella mujer había provocado.

–La Interpol ha interrogado a su antiguo jefe y han registrado su apartamento de Milán, pero está en paradero desconocido.

Al llegar a los alrededores del palacio, Nic se acordó de la mujer que había dejado en el aeropuerto.

–¿Sabe alguien más aparte de Stewart que he venido con Brooke?

–Olivia y Libby, su secretaria, lo saben. Están preparadas para atenderla en cuanto llegue.

–Gracias.

Nic se sintió aliviado de que alguien fuera a ocuparse de Brooke.

–Ah, y mamá te espera para tomar té en la sala de pintura. Te ha reservado una hora para revisar la primera lista de posibles esposas. Stewart ha entrevistado a varios candidatos para secretario y te ha dejado sus currículos en la mesa. Échales un vistazo y dile a Stewart si quieres conocer a alguno.

–¿Un secretario?

–Ahora que has vuelto, hemos llenado tu agenda de reuniones y actos. Necesitarás que alguien lleve tus cosas.

Nic sintió que la cabeza le daba vueltas.

–Maldita sea. Parece que nunca me hubiera ido.

Gabriel le dio una palmada en el hombro.

–Me alegro de que estés de vuelta.

Desde el asiento trasero del lujoso Mercedes, Brooke se aferró a su bolsa de viaje y contempló la ciudad de Carone a su paso. En todos los años que hacía que conocía a Nic, nunca antes había estado tan enfadada con él como en aquel momento.

¿Por qué la había llevado a Sherdana? Su sitio no estaba allí. Ella no encajaba en su mundo, al igual que él tampoco en el suyo. ¿Tendría que asistir a alguna de las fiestas que su madre había organizado? Y su mayor preocupación era que alguien se diera cuenta de que estaba embarazada. ¿Qué excusa pondría cuando sintiera náuseas?

Brooke se quedó boquiabierta cuando el coche traspasó las verjas y el palacio apareció. Nic se había criado allí. El abismo entre ambos aumentaba. No acababa de creerse que el socio empresarial de su hermano fuera el príncipe de un pequeño país europeo.

Durante el año que había pasado en Italia, había tenido la suerte de conocer varios palacios. Algunos de los volúmenes que había consultado para su tesis pertenecían a colecciones privadas y había tenido la suerte de que le permitieran estudiarlos. Pero aquellas residencias eran mucho más pequeñas que el enorme palacio al que se dirigía en aquel momento.

El coche recorrió el camino circular que rodeaba una gran fuente y se detuvo frente a las dobles puertas de entrada al palacio. Brooke no podía salir de su asombro. A la vista de la discreción con la que el coche la había sacado del aeropuerto en dirección al palacio, había pensado que entraría por la parte trasera.

Un hombre de traje oscuro se acercó al coche y le abrió la puerta. Brooke se quedó mirando la entrada del palacio, incapaz de mover las piernas. Una de las puertas se abrió y una mujer menuda vestida con un traje granate salió. Sin saber qué hacer, Brooke esperó a que la mujer se acercara.

–¿Doctora Davis? –dijo con voz suave–. Soy Libby Marshall, la secretaria de la princesa Olivia.

–Encantada de conocerla –respondió Brooke, sin atreverse a salir del coche–. Nic no me comentó nada esta mañana de que me traería aquí y estoy sorprendida.

La secretaria de la princesa sonrió.

–No se preocupe, todo está preparado. La princesa Olivia está deseando conocerla. Armando se ocupará de su equipaje. Sígame, por favor.

Si no hubiera volado en un avión privado, Brooke se habría sentido aturdida ante la idea de que una princesa estuviera deseando conocerla. Sin embargo, aquella era una más de las experiencias surrealistas.

Salió del coche y se quedó embobada mirando el palacio. Cuando se dio cuenta, Libby había desaparecido y se apresuró a alcanzarla.

El palacio era tal y como esperaba. A unos diez metros de donde estaba, el suelo de mármol blanco y negro se extendía una amplia escalera con moqueta azul. Al llegar a la primera planta, la escalera se dividía en dos tramos que seguían subiendo a la siguiente planta. No pudo evitar imaginarse mujeres con vestidos de gala de todos los colores bajando las escaleras para conocer a Nic, mientras él esperaba al pie de los escalones para recibirlas. Su mirada recorrería la fila de mujeres, con expresión seria e impenetrable, para elegir de entre ellas a la esposa perfecta. Se vio llegando la última, con un vestido prestado, demasiado largo para ella, y tropezando con el bajo en el último escalón ante una nube de periodistas que inmortalizarían con sus cámaras aquel momento tan embarazoso.

–¿Doctora Davis? –dijo Libby mirándola preocupada–. ¿Le pasa algo?

Brooke regresó de su ensoñación y tragó el nudo que se le había formado en la garganta.

–Llámeme Brooke. Esto es enorme y precioso –comentó mirando a su alrededor.

–Venga por aquí. La princesa Olivia está en su despacho.

Pasaron por media docena de habitaciones y giraron un par de veces. En cuestión de segundos, había perdido el sentido de la orientación.

–Se conoce muy bien el palacio. ¿Cuánto hace que trabaja aquí?

–Unos cuantos meses. Llegué con la princesa Olivia.

–Dígame la verdad: ¿cuánto tiempo tardó en aprender a moverse por él?

Libby volvió la cabeza, sonriendo.

–Tres semanas.

–Espero no estar aquí más de un par de días.

–Me había hecho a la idea de que se quedaría con nosotros hasta después de la boda.

–No es eso en lo que hemos quedado Nic y yo.

El caso era que no habían hablado de la duración de su visita, pero no podía alargarse hasta después de la boda.

—Podría estar equivocándome —dijo Libby, entrando por una puerta abierta.

Cuando Brooke entró, una atractiva mujer rubia levantó la vista de su ordenador y sonrió.

—Usted debe de ser la doctora Davis —dijo y, poniéndose de pie, le tendió la mano—. Encantada de conocerla. Soy Olivia Alessandro.

—Es un placer conocerla, alteza.

—Por favor, tuteémonos. Puedes llamarme Olivia. Eres amiga de Nic y eso nos convierte en casi familia.

—Llámame Brooke, por favor. Tengo que decirte que estoy un poco impresionada de estar aquí. Esta mañana estaba en una isla griega sin ningún destino en mente y, de repente, Nic me informó de su intención de traerme a Sherdana.

—Algo me dice que tampoco él lo tenía planeado.

Por la manera en que Olivia sacudió la cabeza, le dio la impresión de que la futura reina de Sherdana era una persona organizada.

—Tu secretaria ha mencionado algo acerca de quedarme hasta después de la boda —comentó Brooke, sentándose en la silla que Olivia le señalaba—. Pero creo que lo mejor será que me vaya en el primer vuelo a California.

—Estoy segura de que eso puede arreglarse, pero ¿no te gustaría quedarte unos días y conocer nuestro país? Gabriel y yo tenemos pensado ir a recorrer viñedos dentro de un par de días y sería maravilloso que Nic y tú pudierais acompañarnos.

—A pesar de que suena muy bien...

Su voz se apagó. Nunca antes había dudado en decir lo que pensaba, pero le costaba ser franca con la cuñada de Nic.

–No quisiera abusar de vuestra hospitalidad.

–Tonterías.

Brooke volvió a intentarlo.

–Nic me contó que su madre había organizado algunos acontecimientos para esta próxima semana a los que debía asistir. No quisiera distraer a Nic de lo que tiene que hacer.

Olivia pareció sorprenderse.

–¿Sabes por qué ha vuelto a casa?

–Tiene que casarse para dar...

De repente, Brooke recordó que estaba ante la mujer que no podía engendrar a la siguiente generación de herederos al trono de Sherdana.

–Está bien –dijo Olivia sonriendo con tranquilidad–. Tengo asumido lo que me ocurre. Me considero la mujer más feliz del mundo porque Gabriel me eligiera como su esposa aunque no fuera la mejor elección para el país.

–A mí me pareces una princesa perfecta. Sherdana tiene mucha suerte de tenerte –dijo e hizo una mueca–. Lo siento, es que soy muy franca.

–No lo sientas. Es un bonito cumplido y me gusta tu franqueza. Estoy deseando que conozcas a Ariana. A ella también le gusta decir lo que piensa.

–Vi sus cuadros en la villa. Tiene mucho talento. Estoy deseando hablar con ella sobre su trabajo.

–Ha estado de vacaciones con unos amigos en Mónaco y vuelve esta noche. Está muy contenta de que hayas venido. Cuando hablé con ella esta mañana, me dijo que había conocido a tu hermano cuando él y Nic estuvieron en la villa.

Otra cosa que Glen no le había contado. Iba a tener una larga charla con su hermano cuando volviera a California.

—Y ahora, supongo que querrás ir a tu habitación e instalarte. La cena se servirá a las siete. Si necesitas algo, pídeselo a alguna doncella y ella te lo conseguirá.

Brooke sonrió nerviosa.

—¿Ropa también? Hice la maleta para ir a una isla griega y solo traje ropa informal. No tengo nada apropiado para cenar en un palacio.

—Vaya, debí imaginarlo por lo que me contó Gabriel. Creo que tenemos la misma talla. Te mandaré algunas cosas para que elijas.

Sin saber si sentirse horrorizada o aliviada, Brooke le dio las gracias a Olivia. Luego, siguió a una doncella por el palacio desde el ala privada de la familia real hasta las habitaciones para invitados.

Nada más entrar en el dormitorio que le habían asignado, Brooke se enamoró de aquella estancia. Las paredes estaban empapeladas con un estampado floral en blanco y dorado, y en las cortinas y la colcha predominaban los tonos verdes y azules. Además de una cama y un escritorio, había un sofá y una mesa flaqueados por dos sillones contra la pared y entre dos enormes ventanas. En el banco que había a los pies de la cama estaba su equipaje.

—¿Quiere que le deshaga la maleta, doctora Davis? —preguntó la doncella que la había acompañado a la habitación.

–Llevo viajando varios días y casi toda la ropa está sucia.

–Me ocuparé de que esta misma noche la tenga limpia.

Brooke sacó sus artículos de aseo y una libreta que siempre tenía a mano. Una vez se fue la doncella, tomó su teléfono y comprobó la hora de California. A las cuatro de la tarde en Sherdana eran las siete de la mañana en Los Ángeles. Theresa estaría de camino al trabajo, así que marcó.

–Adivina dónde estoy ahora –le dijo a su amiga en cuanto descolgó.

Nic apenas llevaba quince minutos en el palacio cuando la secretaria de su madre lo localizó en la sala de billar, en la que estaba con Gabriel charlando mientras se tomaban un whisky.

–Buenas tardes, altezas.

Una mujer menuda de cincuenta y tantos años apareció en la puerta, con los brazos en jarras.

Gwen había entrado a trabajar para la reina al poco de nacer los tres príncipes, a los que seguía tratando como a niños traviesos y no como a hombres hechos y derechos.

–Hola, Gweny.

–No me llames así.

Nic cruzó la habitación para darle un beso en la mejilla.

–No has tomado té.

–Necesitaba algo más fuerte –replicó Nic alzando su vaso casi vacío.

–La reina esperaba verte nada más llegaras al palacio. Está en la rosaleda. Será mejor que vayas inmediatamente.

Nic se fue y encontró a su madre en su rincón favorito del jardín, en el que crecían extrañas variedades de rosas.

–Ya es hora de que vengas a decirme hola –dijo la reina, observándolo bajo su sombrero.

–Buenas tardes, mamá.

Nic besó a su madre en la mejilla que le ofrecía y se quedó a su lado.

–Las rosas están preciosas.

–Tengo entendido que has traído a una joven contigo, la hermana de tu amigo de California –dijo, e hizo una pausa antes de continuar–. ¿Qué relación tienes con ella?

–Somos amigos.

–No me trates como si fuera idiota. Quiero saber si va a causar problemas.

–No.

Al menos, no lo sería para nadie más que para él.

–¿Sabe que has venido a casa para encontrar esposa?

–Sí, lo sabe. Se marchará después de la boda.

–Tengo entendido que te la vas a llevar junto a Gabriel y Olivia a un recorrido por los viñedos, ¿no es así?

–Gabriel me dijo algo de eso, pero no he hablado con Brooke.

–No creo que sea una buena idea implicarte con esta muchacha más de lo que ya lo estás.

–No hay nada entre nosotros –le aseguró Nic.

–¿Está enamorada de ti? –preguntó su madre, y al ver que no respondía, emitió un sonido de disgusto y añadió–: ¿La amas?

–No importa lo que sintamos el uno por el otro –dijo Nic con voz tensa e impaciente–. Sé cuál es mi deber hacia Sherdana y nada se interpondrá.

Por su conversación con Gabriel, sabía que su madre no había sido tan dura con Christian. ¿Por qué solo lo presionaba a él para casarse? Christian también era príncipe de Sherdana.

–Supongo que has seleccionado varias candidatas para que elija.

–He enviado sus carpetas a tu habitación en el ala de invitados. ¿Te ha comentado Gabriel el problema que hay en tu habitación? Al parecer la bañera se desbordó e inundó la habitación.

–Sí, Gabriel cree que pudo ser una de las gemelas, pero nadie las vio.

Su madre sacudió la cabeza.

–No sé por qué pagamos a una niñera si no puede hacerse cargo de ellas.

–Por lo que me han contado, no paran.

–Y eso que son solo dos. Yo tuve que ocuparme de tres –dijo su madre, apretándole la mano–. Me gusta tenerte en casa –añadió, y parpadeó rápidamente–. Venga, ve a tu habitación y echa un vistazo a esas carpetas. Me gustaría que me dieras tu impresión esta noche después de la cena.

–Claro –convino, y volvió a besarla–. Me voy a ver a papá. Creo que tenía un rato libre.

Después de charlar brevemente con su padre, Nic se fue a la habitación que le habían asignado en lo que la suya se secaba. ¿Cómo podían un par de niñas de dos años ser tan traviesas?

Tal y como le había dicho su madre, había varias carpetas apiladas en la mesa. Se quitó la chaqueta, tomó el montón y lo contó. Había ocho. Disponía de veinte minutos antes de que llegara el sastre para tomarle medidas y hacerle un nuevo guardarropa.

Se sentó en una butaca ante la chimenea y eligió una al azar. La foto que había grapada en el interior mostraba a una atractiva mujer morena, de brillantes ojos azules y labios carnosos. Tenía veinticinco años y era la hija de un conde italiano. Había estudiado en Harvard y trabajaba en una multinacional en París. Hablaba cuatro idiomas, vestía con elegancia y estaba muy implicada en obras benéficas. En resumen, era perfecta.

Dejó caer el expediente al suelo y tomó el siguiente. Esta vez era una rubia, también muy guapa, británica, hermana de un vizconde y abogada especializada en derechos humanos. Su familia poseía una bodega en Sherdana y tocaba el chelo en la Filarmónica de Viena.

La siguiente, otra rubia, de ojos verdes hipnotizadores, hija de un barón danés. Modelo y presentadora de televisión.

Y así, una tras otra, todas ellas hermosas, de buena familia y preparadas.

Al recordar la conversación con su madre, se dio cuenta de que no debía haber ignorado la preocupación de Brooke de que su relación sería sometida a escrutinio. Había subestimado la perspicacia de su madre. Aun así, no se arrepentía de haber llevado a Brooke para que conociera a su familia.

De lo que no estaba tan contento era del poco tiempo que iban a pasar juntos hasta su marcha. El decoro le imponía guardar las formas, algo que iba a resultarle mucho más difícil una vez había abierto la puerta a lo que podía haber sido de no haber tenido que deberse a su país.

A la vez que dejaba caer al suelo la última carpeta, llamaron a su puerta. Antes de dar permiso para que entraran, se puso de pie, recogió las carpetas y volvió a dejarlas en la mesa antes de volverse hacia el sastre y su ejército de asistentes.

Mientras se probaba trajes y se los marcaban para ajustárselos, Nic no dejó de pensar en Brooke. No la había visto desde que se había bajado del avión y se preguntó cómo le estaría yendo desde que se habían separado.

Estaba deseando conocer a Olivia. Sabía que era bella, inteligente y que lideraba una cruzada por la salud y el bienestar de los niños. Los súbditos la adoraban y, después de que se supiera de su histerectomía de urgencia y de su fuga secreta con Gabriel, la prensa también. Pero lo que más fascinaba a Nic era el cambio que había provocado en su hermano.

El sastre terminó su trabajo y se marchó. A solas de nuevo, se vistió para la cena. Las veladas familiares solían ser informales, así que se puso unos pantalones azules y una camisa blanca.

–Haces muy feliz a mi hermano –dijo Nic a Olivia al saludarla con un beso en la mejilla–. No lo había visto sonreír desde niño.

Del brazo de su marido, Olivia se quedó mirando a Gabriel con tanto amor en los ojos que Nic sintió que se le formaba un nudo en el estómago. En aquel instante, el resentimiento que sentía hacia su hermano por ponerle en aquella posición, desapareció. Su hermano se merecía ser feliz. La responsabilidad del país recaería algún día en Gabriel y, estando casado con la mujer a la que amaba, aquella carga sería mucho más ligera.

Cuando los padres de Nic llegaron al cuarto de estar, Brooke todavía no había aparecido y se preguntó si el nerviosismo habría podido con ella. Estaba a punto de mandar una doncella en su búsqueda cuando la puerta se abrió y entró caminado insegura con unos zapatones de tacón demasiado grandes para ella.

Llevaba un vestido dorado de manga larga que se ajustaba a sus curvas y que chocaba con su habitual estilo desenfadado. Se la veía sofisticada, elegante y formal, excepto por el pelo, que se lo había dejado suelto sobre los hombros.

–Doctora Davis, bienvenida.

Gabriel y Nic se habían acercado a ella mientras él permanecía observando su transformación.

–Siento llegar tarde –dijo Brooke al llegar a su lado–. Mi intención era echarme una cabezada de quince minutos y cuando me he despertado eran las seis y media. Menos mal que me había duchado antes. Así es como me queda el pelo cuando no hago nada con él. Si hubiera tenido más tiempo, me lo habría recogido, pero he tardado mucho en decidir qué vestido ponerme. Todos eran muy bonitos.

–Estás preciosa –dijo Olivia esbozando una cálida sonrisa y tomando a Brooke del brazo–. Voy a presentarte a Gabriel y a sus padres.

–¿Te refieres al rey y la reina? –susurró Brooke, y miró a la pareja, que degustaba un cóctel.

–Están deseando conocerte –intervino Gabriel.

–Es un comentario muy amable –dijo, y dio un traspiés–. Lo siento, no suelo ser tan torpe –añadió sonriendo a modo de disculpa.

–Los zapatos te quedan un poco grandes –observó Olivia–. No me había dado cuenta de que tienes los pies más pequeños que los míos. Quizá prefieras ponerte algún calzado tuyo. Puedo pedirle a una doncella que vaya a buscarlo.

–¿Bromeas? Parecen los zapatos de cristal de Cenicienta.

Gabriel se quedó rezagado un momento antes de seguir a su esposa.

–Me gusta –le dijo a Nic, y sonrió.

–A mí también –replicó, bajando la voz.

Aunque no debería darle importancia, una sensación de gratitud y alivio invadió su pecho. Era agradable saber que al menos había dos personas en el palacio, Gabriel y Olivia, que sabían lo duro que era hacer lo correcto.

–Es un placer estar aquí –estaba diciendo Brooke a sus padres cuando Nic y Gabriel llegaron junto a las mujeres–. Gracias por permitir que me quede en el palacio unos días.

Nic sintió la mirada de su madre al colocarse al lado de Brooke. Apoyó la mano en su espalda y sintió la tensión de sus músculos.

–Estamos muy contentos de tenerla con nosotros –dijo su padre con una sincera sonrisa en los labios.

En lo relativo a asuntos de estado, el rey era un poderoso guerrero frente a las amenazas sociales, económicas y diplomáticas. Sin embargo, en lo relativo a su esposa e hijos era un hombre muy cariñoso. La reina gobernaba a su familia con puño de hierro envuelto en guante de terciopelo. Sus cuatro hijos conocían su genio y la respetaban. A cambio, les daba la oportunidad de encontrar su lugar en el mundo.

Eso significaba que Nic había podido ir a la universidad en Estados Unidos y vivir su sueño de investigar sobre los viajes al espacio hasta que Sherdana había necesitado que volviera a casa. Pero, aunque estaba agradecido por los diez años de libertad, la vuelta estaba siendo dura.

–Muy contentos –repitió la reina–. Tengo entendido, señorita Davis, que es la hermana del hombre con el que Nic ha estado trabajando estos últimos cinco años.

–Sí, mi hermano está a cargo del proyecto Griffin.

–Quizá quiera desayunar conmigo mañana. Me gustaría saber más de ese proyecto en el que Nic ha estado trabajando con su hermano.

–Será un placer desayunar juntas.

–Estupendo. ¿Le parece bien a las ocho?

–Por supuesto. A diferencia de Nic, a mí me gusta madrugar.

Nic se dio cuenta de que aquel comentario iba dirigido a él. Era una broma entre ellos, cuando él se quedaba trabajando hasta tarde y acababa durmiendo en el sofá de su despacho. Su madre parecía estarse preguntando cómo sabría Brooke a qué hora se levantaba por la mañana.

Incluso sin mirar a su hermano, advirtió que Gabriel se estaba divirtiendo con aquello. Nic mantuvo una expresión indiferente al cruzarse con la mirada de su madre.

Olivia intervino para romper la tensión del momento.

–Y después de desayunar, quizá quieras venir a los establos para ver a las gemelas en su clase de equitación. Van a ser unas excelentes amazonas. ¿Sabes montar a caballo, Brooke?

–Antes montaba, pero en los últimos años he estado muy ocupada con los estudios.

–Brooke tiene dos doctorados –intervino Nic–. Enseña Literatura Italiana en la Universidad de Santa Cruz, en California.

–Eres muy joven para haber conseguido tanto –dijo Gabriel.

–Después de que mi hermano se fuera a la universidad, mis padres acogieron a una estudiante de intercambio de Italia. Se quedó con nosotros un año y, cuando se fue, había aprendido a leer y a escribir en italiano.

–¿Has estado alguna vez en Italia? –preguntó Olivia.

–Pasé un año en Florencia y Roma documentándome para mi segundo doctorado. Antes de eso, mi madre y yo pasábamos una o dos semanas en verano en Italia, dependiendo de su trabajo. Es guionista de televisión y participó en una serie de misterio ambientada en Venecia que tuvo mucho éxito.

Hablar de su madre parecía aplacar a Brooke. Había un brillo de orgullo en su mirada.

Aquello tranquilizó a Nic, pero cuando todos se dirigieron al comedor, la reina lo tomó aparte.

–Una muchacha encantadora, tu señorita Davis.

–Es doctora Davis.

Tenía la sensación de que su madre ya lo sabía y de que solo estaba intentando provocarlo. Además, ya le había explicado que no eran más que amigos.

–Me alegro de que te guste.

¿Has echado un vistazo a los expedientes que te di?

–Sí. Cualquiera de ellas sería una gran princesa. Tu equipo y tú habéis hecho un gran trabajo seleccionando a las candidatas que mejor se ajustan a mis necesidades.

–Así es. Veremos a ver si ahora tú también puedes hacer un gran trabajo eligiendo esposa.

Capítulo Nueve

En su primera cena con la familia de Nic, Brooke se sentó junto a él, a la izquierda del rey, y apenas podía comer. Uno de los motivos por los que había llegado tarde a la cena había sido por las náuseas que había sentido al despertarse.

–No estás comiendo nada –murmuró Nic, hablándola por primera vez desde que habían empezado a cenar.

–Estoy cenando con la realeza –le contestó en voz baja–. Tengo un nudo en el estómago.

–Son personas normales.

–Pero personas importantes. Normalmente, este tipo de cosas no me afectan, pero se trata de tu familia y quiero gustarles.

–Te aseguro que les gustas.

–Sí, claro.

Brooke evitó hacer una mueca. La madre de Nic llevaba toda la cena observándola. Tenía la sensación de que la reina tenía una larga lista de preguntas que quería hacerle, empezando por cuándo se iría a casa. No podía culparla. Tenía planes para su hijo que debía de ver amenazados por una pelirroja que se quedaba embobada mirándolo.

La cena resultó ser un encuentro familiar relajado y no el acto formal que Brooke había temido.

Nada más acabaron los postres, Brooke estaba deseando escapar. Así que cuando Gabriel y Olivia se ofrecieron para enseñarle el palacio antes de acompañarla a su habitación, aceptó aliviada.

Mientras recorrían la sala de los retratos, Brooke se dio cuenta del alcance de la historia de Sherdana. Algunos de los cuadros eran de finales del siglo XV. Gracias a todos aquellos años que había acompañado a su madre a Italia para documentarse sobre el Renacimiento italiano, Brooke había desarrollado un amor por la historia que la había llevado a elegir el mismo período para su segundo doctorado.

–Supongo que tendréis una biblioteca llena de libros sobre la historia de Sherdana –le dijo a Gabriel mientras él y Olivia la conducían al salón.

–Sí, una gran biblioteca. Iremos allí a continuación.

Media hora más tarde, el trío llegó a la puerta de la habitación de Brooke. Se sentía entusiasmada ante la idea de volver a la biblioteca al día siguiente y estudiar más detenidamente los volúmenes. La gran cantidad de libros que había en aquella estancia de dos plantas era el sueño de cualquier estudioso. Seguramente podría pasar todo un año en la biblioteca del palacio de Sherdana sin necesidad de salir.

–Gracias por el recorrido.

–De nada –dijo Olivia–. Si necesitas algo durante la noche, avisa a una de las doncellas. Siempre hay alguien de guardia.

Brooke dio las buenas noches a los príncipes y

entró en su habitación. De pronto reparó en que el paquete de galletas que se había comido antes de la cena había sido repuesto. Tomó un puñado y se dirigió al armario. Tal y como le había asegurado la doncella, su ropa había sido lavada. Brooke sonrió al quitarse los zapatos prestados, pensando en que el personal no estaría acostumbrado a lavar pantalones vaqueros cortos y camisetas de algodón.

Unos golpes sonaron en su puerta y el pulso se le aceleró. ¿Sería Nic para darle las buenas noches? Pero no era su apuesto príncipe el que estaba en el pasillo, sino una joven alta, atractiva y morena, con una agradable sonrisa.

—Soy Ariana.

Detrás de la hermana de Nic estaban dos doncellas con seis cajas de zapatos y varias fundas de ropa.

—Y yo Brooke Davis.

—Lo sé —dijo Ariana sonriendo—. Te habría reconocido por las fotos que Glen me manda de vez en cuando por correo electrónico. Está muy orgulloso de ti.

—¿Glen y tú os escribís por correo electrónico?

Brooke ya sabía que la hermana de Nic había conocido a Glen en Grecia, pero no se imaginaba que hubieran mantenido el contacto.

—Pensaba que solo os habíais visto una vez.

—Y así es, pero fue todo un encuentro.

Brooke no sabía muy bien cómo interpretar aquel comentario. Ya le preguntaría a Glen acerca de la hermana de Nic.

—Olivia me ha dicho que sus zapatos te quedan

grandes, así que te he traído varios pares míos –dijo, haciendo una señal a las doncellas–. También he incluido algunos vestidos. Ese es de Oliva, ¿verdad?

–Nada de lo que he traído es adecuado para llevar en un palacio. No tenía pensado venir.

Por un instante, Ariana entornó los ojos con la misma expresión inquisidora que su madre la había dirigido durante toda la noche. Después, sonrió.

–Bueno, me alegro de que lo hayas hecho.

–Yo también. Estaba deseando conocerte. Me han gustado mucho las pinturas que tenían en la villa.

–Entonces, eres la primera –replicó Ariana y, tomando del brazo a Brooke, entró en la habitación.

–¿Qué quieres decir?

–El uso que le das al color le da a los cuadros una gran fuerza y profundidad.

–¡Hablas en serio! –exclamó Ariana sorprendida, frunciendo las cejas.

–Sí –dijo Brooke sin acabar de entender la reacción de la princesa.

–Mi familia no entiende mi obra. Solo ve manchas de colores en un lienzo.

–Estoy segura de que se debe a que están acostumbrados a un estilo de pintura más tradicional. ¿Alguna vez has expuesto tu trabajo?

–No, pinto para mí.

–Sí, claro, pero si quieres la opinión de un experto, tengo un amigo en San Francisco que dirige una galería y siempre está buscando nuevos talentos. Hice algunas fotos de tu obra. Con tu permiso, pensaba mandárselas.

–Nunca había pensado… Supongo que este es el momento que todo artista tiene que afrontar en algún momento –dijo sacudiendo la cabeza–. Puedo aprovechar la oportunidad y arriesgarme a fracasar o ir sobre seguro y nunca saber si soy buena.

–Claro que eres buena –le aseguró Brooke–. Pero el arte es muy subjetivo y no a todo el mundo va a gustarle lo que haces.

–Supongo que ya me he enfrentado a los peores críticos: mi familia. Así que, ¿por qué no saber lo que piensa tu amigo?

–Estupendo, le mandaré las fotos mañana por la mañana.

–De momento –dijo Ariana señalando el armario–, enséñame la ropa que has traído y veamos si hay algo que te gusta de lo que he traído.

Las doncellas depositaron lo que traían en la cama de Brooke. Si la princesa había llevado algo parecido al divertido vestido de círculos bordados que llevaba, aquella ropa le iba a gustar.

–Parece que fuera Navidad –comentó Brooke mientras sacaban los vestidos de las bolsas.

La variedad de colores y estilos encandilaron a Brooke.

Cuando las doncellas terminaron, Brooke sacó su ropa: vestidos, pantalones cortos, faldas y su kimono favorito. Ariana entornó los ojos pensativa y se quedó mirando las prendas.

–Tienes buen ojo para los colores y sabes lo que te queda bien.

Viniendo de la princesa, aquel comentario era todo un halago. Ariana no era la princesa que

Brooke se había imaginado. Era cálida y cercana, nada estirada ni formal. Brooke no se imaginaba que una princesa fuera así. Enseguida congeniaron como si se conocieran de toda la vida.

—En California, me gusta hacer mezclas como esta —dijo poniéndose el kimono encima del vestido de encaje dorado que Olivia le había prestado—. Aquí, me siento fuera de lugar.

—Sí, es cierto que destaca. Pero te vistas como te vistas, con ese color de pelo tan peculiar, es imposible que pases desapercibida. Con razón mi hermano te encuentra irresistible.

—Solo somos amigos —explicó rápidamente, pero se sonrojó.

—No para de hablar de ti y te ha traído para que te conozcamos.

—No es lo que piensas. Fui a la isla para convencerlo de que volviera a California, al proyecto Griffin. Y cuando supo que tenía que volver aquí antes de lo esperado, no quiso dejarme sola en Grecia.

—Debe de estar enamorado de ti. Nunca antes había traído una mujer a casa.

Brooke se relajó.

—Eso es porque el amor de su vida no entra en un avión —dijo y, al ver la cara de confusión de Ariana, añadió—: Desde que lo conozco, Nic ha estado dedicado al cohete con el que mi hermano y él quieren que la gente viaje al espacio. No hay hueco en su vida para tener una relación sentimental con ninguna mujer.

—Aun así, aquí estás tú.

—Hasta hace unos días, no sabía que era un

príncipe ni que tenía que casarse con una mujer de Sherdana o una aristócrata para que sus hijos pudieran reinar. Yo no soy ninguna de las dos cosas.

—No te lo habría ocultado a menos que le preocupara hacerte daño.

—Es cierto. Me enamoré de él hace años. Cuando aparecí en Ítaca, me lo contó todo. No quería que soñara con un futuro que no podíamos tener.

—¿Y funcionó, dejaste de soñar con él?

—Me habría vuelto loca si no hubiera sido así.

Al igual que sus hermanos, Ariana había heredado los mismos ojos marrones de su padre, pero la mirada intensa de su madre.

—Pero entre vosotros ha habido algo.

Brooke odiaba mentir, así que fingió que no había oído el comentario.

—Este me encanta —dijo sacando un vestido al azar.

Por suerte, el vestido verde esmeralda le gustaba. Brooke se lo puso por encima. Al mirarse en el espejo, se dio cuenta de que aunque no tenía etiquetas, el vestido estaba por estrenar.

—Aunque no me hayas contestado, me lo tomaré como un sí —comentó sonriendo—. Pruébate el vestido —añadió y, al instante, Brooke obedeció—. Siento si soy demasiado directa. Mis hermanos resultan difíciles de resistir para el sexo opuesto. Gracias a Dios que Gabriel y Nic son tipos formales y decentes, y no se aprovechan. Christian es como un niño a la puerta de una juguetería, deseando todo lo que ve.

—Por favor, no le hables a nadie de lo mío con

Nic. Todo ha terminado y no quiero causar problemas.

Ariana asintió.

—Ese vestido te queda muy bien.

El corpiño de corte imperio resaltaba sus pechos y terminaba en una banda estrecha con un fajín de un verde más oscuro. A partir de ahí, caían capas de chifón que terminaban encima de la rodilla. Brooke se miró en el espejo mientras Ariana le ayudaba a ponerse unas sandalias negras.

—Resalta el verde de tus ojos.

—Me siento como una princesa —dijo Brooke sonriendo—. Supongo que es normal teniendo en cuenta que es el vestido de una princesa.

A continuación, Ariana le dio un vestido en rosa fuerte, con escote en V y corte al bies que resaltaba la figura. Tenía un aire elegante y sofisticado, aunque Brooke no estaba segura de que fuera capaz de ponérselo.

—Mañana has quedado para desayunar con mi madre, ¿verdad? Este es perfecto y creo que deberías combinarlo con este calzado.

Ariana tomó una caja y sacó un par de botines de ante blanco y terciopelo negro.

—No puedo —dijo Brooke negando con las manos—. Son demasiado.

—Tienes que ponértelos o el conjunto no estará completo.

Ante la insistencia de Ariana, Brooke se puso los botines y se miró al espejo, reconociendo de inmediato que había perdido la batalla.

—Nunca me había imaginado con este aspecto.

Ariana arqueó las cejas, sorprendida.

—¿Por qué no? Eres muy guapa.

—Pero no tengo tu estilo.

—Así es como me visto cuando estoy en el palacio. Cuando voy a Ítaca, te aseguro que no me reconocerías.

—¿Pasas mucho tiempo en la isla?

—No todo el que me gustaría. Es mi refugio. Voy a pintar, a olvidar las responsabilidades de ser una princesa.

—Supongo que hay muchas cosas que te mantienen ocupada.

—Ahora que Olivia está aquí, menos.

Ariana seleccionó unos cuantos vestidos más y los dejó en el armario de Brooke, junto a otros tres pares de zapatos.

—Con todo esto, creo que de momento tienes bastante. Pero vas a necesitar una vestido largo para la fiesta de pasado mañana. Es el cumpleaños del primer ministro.

—¿Estás segura de que tengo que ir?

—Por supuesto. Suele ser un acontecimiento aburrido y tenerte cerca lo hará más soportable.

Mientras las doncellas recogían el resto de los vestidos y los guardaban en sus fundas, Ariana se acercó a Brooke y la tomó por el hombro.

—Es una lástima que Nic y tú no hayáis podido tener la oportunidad de comprobar si lo vuestro podía funcionar. Creo que le habrías hecho muy feliz.

—Lo cierto es que lo vuelvo loco.

—Eso está bien. Siempre ha sido muy serio. Su vida necesita un poco de locura.

Y con esas, Ariana le dio las buenas noches y se fue, dejándola sola con sus pensamientos.

Los pasillos del ala de invitados estaban en silencio cuando Nic regresó a su habitación. Aquella tranquilidad desaparecería los días siguientes, cuando los invitados llegaran para la semana de celebraciones previa a la boda. Sus padres le habían dejado muy claro lo que se esperaba de él. Las mujeres de los informes habían sido invitadas al palacio. Tenía que conocerlas y hacer su elección.

Casi había llegado a su habitación cuando la puerta de al lado se abrió y salieron unas doncellas con cajas y fundas de ropa. Su presencia solo podía significar que tenía compañía en la habitación de al lado. No se le había ocurrido que Brooke estuviera en la misma planta y mucho menos en la habitación contigua, y sus sospechas se confirmaron cuando su hermana salió unos segundos más tarde.

–¡Nic! –exclamó, y corrió a su lado para darle un abrazo–. Cuánto me alegro de que estés en casa.

Olía al perfume floral que le había enviado las Navidades anteriores. Le había pedido a Brooke que le ayudara a elegir el perfume porque tenía la sensación de que las dos mujeres tenían gustos afines. Al ver a su hermana de tan buen humor al dejar a Brooke, supo que no se había equivocado.

–Me alegro de estar aquí.

Ariana se echó hacia atrás para ver su expresión y luego chasqueó la lengua.

–No, no lo estás. Preferirías estar en California trabajando en tu cohete.

–Eso ya se ha acabado.

El accidente y el matrimonio de Gabriel se habían encargado de que así fuera.

–No es típico en ti darte por vencido.

El comentario provocó que una ola de furia le sacudiera el cuerpo. La sensación fue tan intensa e inmediata que se quedó de piedra, incapaz de salir de su asombro. Se había visto obligado a renunciar a su sueño para volver a casa y casarse con una mujer a la que no amaba. Nada de aquello había sido decisión suya.

Y sin aquella llamada al deber, ¿se habría quedado en California para continuar con el proyecto Griffin? El accidente había sido una tragedia y su confianza estaba por los suelos. ¿Sería por eso por lo que no estaba haciendo nada para rebelarse contra el destino o para buscar la forma de saltarse la ley y poder elegir libremente con quién casarse?

–¿Nic?

–Lo siento. Es solo que estoy cansado. Ha sido un día muy largo. Y no, no me he dado por vencido. El deber ha hecho que volviera a mi país.

–Tienes razón, siento mi comentario –dijo–. He conocido a Brooke. Es maravillosa.

Estaba empezando a desear que sus hermanos encontraran algo de Brooke que poder criticar. Iba a ser difícil despedirse de ella y todo resultaría más sencillo si le hicieran ver que enamorarse de ella sería un gran error por su parte.

–Me alegro de que pienses así.

–Si quieres verla, será mejor que te des prisa. Está a punto de meterse en la cama.

Por un instante, dudó de si debía tomarse el comentario de su hermana al pie de la letra o si estaba intentando ver su reacción.

–Esta es mi habitación –dijo señalando la puerta que estaba a su izquierda–. No sabía que iba a quedarse en el palacio.

–¿Por qué te quedas en el ala de invitados?

–Hubo una inundación en mi habitación.

Ariana le dirigió una mirada de incredulidad.

–¿Quién te ha dicho eso?

–Gabriel –respondió Nic, empezando a sospechar algo–. ¿Por qué?

–Porque pasé antes por tu habitación y me pareció que todo estaba bien. Creo que nuestro hermano está haciendo de casamentero. Brooke y tú, solos en el ala de invitados, sin nadie cerca. Muy romántico.

–Maldita sea.

Estaba ante otro dilema, enfrentarse a Gabriel y volver a su habitación en el ala familiar o fingir que Ariana y él no habían tenido aquella conversación y hacer lo que su corazón tanto deseaba, pero su cabeza se resistía.

–Deja de ser tan formal –dijo Ariana como si le leyera el pensamiento–. Gabriel siguió el dictado de su corazón. Creo que quiere que hagas lo mismo.

–¿Y quién engendrará un heredero legítimo para el trono?

Su hermana se encogió de hombros.

–Siempre está Christian. No está enamorado de nadie. Deja que sea él el que se sacrifique.

Nic abrazó a su hermana y la besó en la cabeza.

–¿Vas a elegir a Brooke?

–Sabes que no puedo.

–Eres demasiado responsable.

–No puedo hacer eso a Christian ni a ti.

–¿A mí?

–¿Has pensado qué pasaría si ni Christian ni yo tuviéramos hijos? Toda la carga recaería sobre tus hombros.

Era evidente que Ariana no lo había considerado. Aunque la Constitución no le permitía llegar a ser reina, era hija de un rey y eso significaba que su hijo podía reinar algún día.

–De acuerdo, entiendo adónde quieres ir a parar, pero me parece terrible que Brooke y tú no podáis estar juntos.

–A mí también me lo parece.

Nic se quedó mirando a su hermana marchándose por el pasillo. Durante varios segundos, permaneció con la mano en el pomo de la puerta de su habitación, recordando que su hermana le había dicho que Brooke estaba a punto de meterse en la cama. Estaban solos en aquella zona del palacio. Podía pasar la noche con ella y salir de su habitación antes de que alguien los descubriera. Pero ¿cuántas veces podía repetirse que aquella iba a ser su última vez juntos? Aquella misma mañana había estado a punto de despedirse de ella.

Abrió la puerta, pero no cruzó el umbral. Había invitado a Brooke a Sherdana. Lo correcto era ir a verla y averiguar cómo había ido su día. Si se quedaba en el pasillo, podrían mantener una conversación breve sin temor a que alguno de los dos se dejara llevar por la pasión. Así que se acercó a su puerta y llamó. Si esperaba verla en pijama, iba a llevarse una desilusión.

La criatura que apareció no se parecía en nada a la Brooke que conocía. A pesar de lo guapa que estaba con el vestido que se había puesto para cenar, no era nada comparable con el vestido rosa sin tirantes que llevaba en aquel momento y que la hacía parecer una princesa de Disney.

—¿Qué te parece? —preguntó dando un par de vueltas sobre sí misma.

—Es un vestido muy especial.

Ella rio como no la había oído hacerlo desde que cortó con ella, y sintió una gran alegría.

—Nunca pensé que pudiera ser tan divertido vestirse como una princesa.

Nic sintió un nudo en el estómago. Sabía que no lo había dicho en sentido literal. Lo último que haría sería bromear por haberla rechazado. A Brooke no le gustaban esa clase de juegos ni regodearse con los problemas. Era una de las cosas que más admiraba de ella.

—Estás muy guapa.

Ella esbozó una sonrisa seductora.

—Es un vestido de Ariana. Simplemente me lo estaba probando porque nunca tendré la ocasión de ponerme un vestido así en público.

—¿Por qué no?

—Ambos sabemos la respuesta.

Lo hizo entrar en la habitación y cerró la puerta. Aquel comportamiento tuvo un efecto peligroso en la libido de Nic. No había ido a su habitación para hacerle el amor, pero no iba a hacer falta una sonrisa más para tomarla entre sus brazos y llevársela a la cama.

—Creo que no te sigo –dijo Nic.

Luego se cruzó de brazos y no se perdió de vista sus movimientos, mientras Brooke disfrutaba de su imagen en el espejo.

—Tu madre y yo vamos a desayunar juntas mañana. Estoy segura de que muy educadamente me invitará a que me vaya.

—No es tan descortés.

—Por supuesto que no, pero no creo que le agrade que su hijo haya traído a una mujer inapropiada cuando debería estar concentrado en elegir a la esposa perfecta.

—Tú no eres inapropiada.

—Lo soy en lo que a tu futuro respecta –dijo Brooke buscando la cremallera del vestido, mientras miraba muy seria a Nic–. Date la vuelta. Voy a quitarme este vestido.

Nic sentía sus latidos en las sienes.

—Te he visto desnuda muchas veces.

—Eso fue antes de que me quedara bajo el mismo techo que tus padres. Creo que no estaría bien que nos aprovecháramos de su hospitalidad, dejándonos llevar por un momento de pasión, ¿no te parece? Así que, date la vuelta.

—El que no te vea quitarte el vestido no va a evitar que nos dejemos llevar por la pasión. Tengo memorizado cada centímetro de tu espléndido cuerpo.

—Date la vuelta.

Aunque se había sonrojado, su tono era firme y no admitía discusión.

Por fin Nic le hizo caso. Durante unos segundos, el único sonido que se oyó en la habitación fue el del crujido de la tela mientras se quitaba el vestido y el de la respiración alterada de Nic. Si Brooke iba a volver en unos días a California, era una tontería no aprovechar cada segundo que pudieran pasar juntos.

—Brooke —dijo empezando a volverse—, creo que deberíamos…

No pudo terminar, porque ella lo empujó repentinamente contra la puerta.

—No, no deberíamos.

—Solo un beso. Esta mañana, te he echado de menos al despertarme.

—¿Y de quién es la culpa?

—Mía.

Todo era culpa suya. Podían haber estado cinco años juntos si no hubiera estado tan obsesionado con el trabajo. La había hecho daño apartándola de su lado para cumplir con el deber hacia su país.

—Un beso —repitió suplicante.

—Muy bien. Pero tiene que ser en el pasillo y con las manos a la espalda.

Si quería estar al mando de la situación, dejaría que así fuera.

—De acuerdo —convino él, y salió de la habitación.

–Cierra los ojos. No puedo hacer esto si me miras.

Completamente inmóvil, se quedó esperando. Por fin Nic cerró los ojos. Hacía poco que había descubierto que con ella era capaz de ser muy paciente.

–Querido Nic –dijo antes de hundir los dedos en su pelo.

Luego, le hizo inclinar la cabeza hasta que sus labios se encontraron.

La ternura del beso hizo que sus latidos se aceleraran. El deseo que lo invadía se apaciguó con sus caricias. Por primera vez se estaba dando cuenta de que lo que había entre ellos no se fundaba solo en la pasión, sino en algo mucho más profundo.

–Buenas noches, príncipe azul.

Antes de que se hubiera recuperado lo suficiente como para abrir los ojos, Brooke había desaparecido.

Capítulo Diez

Gracias a la ayuda de Ariana con la ropa, Brooke se fue a la cama con la tranquilidad de que tenía algo que ponerse para su desayuno con la reina. Aun así, cuando se despertó al amanecer con las molestas náuseas cada vez más habituales, estaba muy nerviosa.

Cuando terminó de recogerse el pelo en un moño, Brooke se había tomado medio paquete de galletas en un intento por calmar su estómago. Parecía estar funcionando porque cuando acabó de maquillarse, se sintió bien Una doncella apareció diez minutos antes de las ocho y Brooke la siguió escalera abajo hasta el jardín. La muchacha le indicó una senda de hierba flanqueada por lechos de flores rosas y moradas. El destino de Brooke, un cenador con vistas a un pequeño estanque, estaba a unos quince metros de distancia. Al acercarse, reparó en que la reina ya había llegado y que estaba sentada en una mesa dispuesta en el centro.

−Buenos días, majestad −dijo Brooke al llegar.

La reina se volvió hacia ella, dejó la tableta que tenía en la mano y la miró de arriba abajo, deteniéndose en los botines. Brooke soportó su mirada en silencio, preguntándose si debía hacer una reverencia.

–Hola, doctora Davis. Está preciosa. Por favor, siéntese.

Brooke se sentó en una silla tapizada de damasco verde y se colocó la servilleta en el regazo, no sin antes advertir el cambio en la manera en que la reina se estaba dirigiendo a ella. Brooke aceptó un vaso de zumo de naranja y un café con leche.

–Tenéis un jardín muy bonito. Tengo entendido que hay variedades únicas de rosas.

–¿Le gusta la jardinería? –preguntó la reina con una sonrisa cortés.

El sistema digestivo de Brooke eligió aquel momento para protestar y apretó los labios en un acto reflejo. Después de un segundo, respiró hondo.

–Me gustan las flores, pero no tengo mano con ellas.

–Supongo que ha estado muy ocupada con sus dos doctorados. Es impresionante en alguien de su edad. Y ahora, enseña en una universidad.

–Sí, enseño el idioma y la literatura italianos.

–Olivia me ha contado que ha estado muchas veces en Italia.

–Sí, y en Francia, Austria y Suiza. Me encanta esta parte del mundo.

–¿Alguna vez ha considerado vivir en Europa?

Estaba claro que para la madre de Nic no era más que una intrusa o, peor aún, una oportunista. ¿Debería decirle que era consciente de que Nic estaba fuera de su alcance?

–Me gusta California y estudié la licenciatura en Nueva York –dijo forzándose a mantener las manos sobre su regazo–. Estaría deseando volver a casa.

–Sí, el hogar es siempre un sitio maravilloso en el que estar. ¿Tiene hambre? –preguntó mientras hacía una señal a las doncellas, que rápidamente levantaron la tapa de una bandeja–. Tengo debilidad por las crepes. También hay tortillas con champiñones y espinacas, pero si prefiere otra cosa, el chef se lo preparará.

Las crepes tenían muy buena pinta. Las había rellenas de fresas, de crema, de manzana…

–Estas de aquí son de peras salteadas en mantequilla con requesón y miel –explicó la reina, mirándola con ternura por primera vez.

Si Brooke no se hubiera sentido tan revuelta, se habría comido media docena de aquellos apetitosos crepes. Se limitó a probar uno de cada.

–Olivia me ha dicho que piensa marcharse dentro de unos días –remarcó la reina–. Pero hablando con Nicolas anoche, me dijo que le gustaría que se quedara hasta la boda. Creo que mi hijo piensa que está enamorado de usted.

La taza de Brooke chocó contra el plato al dejarlo bruscamente. Se le cerró el estómago y de repente le era imposible seguir comiendo. Las palabras de la reina reverberaron en su cabeza. No le había dicho que estuviera enamorado de ella, sino que pensaba que estaba enamorado. Era evidente la diferencia.

–Lo siento, pero estáis equivocada –dijo Brooke, llevándose la servilleta a los labios–. Nic sabe muy bien cuáles son sus prioridades. Su corazón pertenece a su país y a su familia.

La reina suspiró.

–Y usted está enamorada de él.

Brooke sintió que la vista se le nublaba. ¿Qué pretendía la madre de Nic? Ya había asumido que Nic y ella no tenían un futuro en común. No le había dado motivos para pensar otra cosa, así que la reina debía de estar hablando por intuición. Era comprensible. En poco más de siete meses, ella también tendría un hijo al que proteger.

–Es el mejor amigo de mi hermano –dijo Brooke–. Conozco a Nic desde hace años. Es cierto que hubo una época en que me hubiera gustado haber tenido algo con él. Pero eso fue antes de que supiera quién era y cuáles eran sus responsabilidades.

–¿Pretende decirme que no sabía que era un príncipe?

Brooke permaneció inmóvil ante la mirada penetrante de la reina. Le resultaba difícil sostener su mirada. Lo único que Brooke quería era tumbarse hasta que la cabeza dejara de darle vueltas.

–Me he enterado hace unos días. Se fue de California sin decirme nada. Lo seguí hasta Ítaca porque no contestaba mis llamadas ni mi correos electrónicos. Estaba preocupada por cómo estaba sobrellevando el accidente.

La reina asintió.

–Ese cohete era muy importante para él, pero ha quedado completamente destruido y tiene que olvidarse de él.

Hablaba sin ningún interés por la pasión de su hijo.

–Es incapaz de olvidarlo. Se siente responsable de la muerte de uno de sus compañeros –dijo

Brooke sintiendo lástima de que la madre de Nic fuera tan insensible con su hijo–. Walter no llevaba mucho tiempo en el equipo, pero trabajaba codo con codo con Nic. Creo que uno de los motivos por los que ha vuelto a casa para casarse es que siente que ha fallado a Walter y a Glen, e incluso a sus padres. Creo que la razón por la que se esforzaba tanto en su trabajo era para justificar su ausencia de Sherdana. Cada día quería demostrar que su trabajo podía beneficiar a futuras generaciones y estaba dispuesto a caer exhausto para aportar algo maravilloso al mundo.

Brooke no se dio cuenta de que se había levantado hasta que empezó a sentir que el cenador empezaba a darle vueltas. Se llevó la mano a la boca al sentir que el estómago se le revolvía. No podía vomitar en aquel momento y empezó a sudar. Parpadeó y trató de recuperar el equilibrio, pero tenía demasiado calor y estaba mareada.

–Tengo que…

–Doctora Davis, ¿está bien?

Oía la voz de la reina muy lejana.

Brooke trató de concentrarse en su voz, pero dio un traspié. Se aferró a una columna de madera justo cuando todo se volvía oscuro.

Nic salió corriendo desde el salón verde hacia el cenador tan pronto como vio a Brooke dando tumbos como si estuviera borracha. Llevaba quince minutos junto a las ventanas que daban al jardín observando el encuentro entre su madre y Brooke, dispuesto para intervenir si la cosa no iba bien. Al igual que Brooke, estaba convencido de que su madre la animaría sutilmente a que se fuera cuanto antes y temía que Brooke dijera algo de lo que pudiera arrepentirse. Pero lo que no se había imaginado era que fuera a tener que tomarla en brazos para evitar que se cayera al suelo.

—¿Qué ha pasado?

Por una vez, su madre parecía confundida.

—Estaba hablando de ti y tu cohete cuando de repente se ha derrumbado al suelo.

Con Brooke en brazos, Nic volvió al palacio y atravesó con grandes pasos el salón verde del palacio. Estaba muy pálida. El corazón se le salía del pecho viendo el rostro inconsciente de Brooke.

No se había dado cuenta de que su madre lo seguía hasta que entró en la habitación de Brooke y la dejó sobre la cama.

—¿Le pasa algo para que se haya desmayado? —preguntó la reina, y se sentó en la cama—. Está sudorosa —añadió, tocándole la frente.

—Está completamente sana —respondió sacando el teléfono—. Estaba nerviosa por venir aquí, pero me pareció que estaba tranquila anoche, durante la cena. ¿Qué le has dicho mientras desayunabais? Parecía muy alterada antes de desmayarse.

—¿Estabas observándonos?

—Me preocupaba que no congeniarais y parece que no andaba desencaminado.

—Simplemente le dije que estaba convencida de que creías estar enamorado de ella.

Nic cerró los ojos y sacudió la cabeza.

—¿Y por qué le dijiste algo así?

—Quería que se diera cuenta de que lo que hay entre vosotros no es real.

—¿Cómo lo sabes? Apenas la conoces y a mí apenas me has visto en los últimos diez años.

Su madre pareció sorprenderse.

—Eres mi hijo. Yo te crié.

Nic se esforzó en controlar su temperamento.

—No se despierta. Creo que será mejor llamar a un médico.

Le estaba escribiendo un mensaje a Gabriel cuando su madre lo interrumpió.

—Espera.

—¿Por qué?

—¿Cuánto hace que está comiendo eso? —preguntó la reina señalando el paquete de galletas de la mesilla.

—No tengo ni idea. ¿Tiene algo de malo?

—No, pero cuando yo estaba embarazada comía galletas para evitar las náuseas —comentó su madre, pensativa—. Apenas cenó anoche y tampoco estaba desayunando bien. Un embarazo podría explicar el desmayo.

—¿Un embarazo? —repitió Nic, y sacudió la cabeza—. Imposible.

—¿Imposible porque no habéis tenido relaciones o imposible porque pensabas que habíais tenido cuidado?

La pregunta lo sorprendió. Era evidente que su madre sabía que había tenido algo con Brooke.

—Hemos tenido mucho cuidado.

—Entonces, quizá haya alguien más en su vida.

158

Nic se quedó mirando a su madre fijamente.

–No hay nadie más en su vida.

La reina apretó los labios y evitó seguir discutiendo.

–Sugiero que esperemos a que vuelva en sí y le preguntemos. Si le pasa algo serio, llamaremos al médico –dijo su madre poniéndose de pie y alisándose la falda–. Os dejaré a solas. Por favor, dime cómo se encuentra cuando se despierte.

Y con esas, la reina se fue y Nic se quedó a solas con Brooke.

Embarazada de un hijo suyo. La idea le provocó una sensación de calidez. Pero enseguida lo asaltaron muchas preguntas. ¿Lo sabría? No se le notaba y, por sus cálculos, debía de estar de entre cinco a ocho semanas. ¿Era demasiado pronto para saberlo? Aun así, era evidente que se había mareado y tenía que haberse preguntado por qué.

Brooke empezó a moverse y Nic se sentó a su lado. Después de parpadear varias veces, lo miró.

–¿Qué ha pasado?

–Te has desmayado.

–Maldita sea –dijo frotándose los ojos–. Creo que le levanté la voz a tu madre. Debe de odiarme.

–No –replicó acariciándole la mejilla–. ¿Qué te pasa? Nunca te he visto enferma.

Ella evitó su mirada.

–Nada, es solo que estoy cansada y debo de tener bajo el nivel de azúcar. Anoche estaba demasiado nerviosa como para cenar.

–¿Es por eso que estabas comiendo esas galletas?

–Cuando me molesta el estómago, las como.

159

Aunque tenía sentido, algo en su tono revelaba que le ocultaba algo.

—Mi madre me ha contado que solía comer galletas cuando estaba embarazada. Al parecer, le venía bien para las náuseas.

Brooke se puso tensa.

—Ya me lo habían dicho antes. Tengo entendido que teniendo algo en el estómago, se asienta.

La irritación de Nic aumentaba por segundos.

—¿Estás embarazada?

—Siempre tuvimos cuidado.

—Eso no responde a mi pregunta —dijo inclinándose para tomarla de la barbilla y obligarla a mirarlo a los ojos—. ¿Estás embarazada?

—Sí.

—¿Por qué no me lo habías dicho?

—Esa era mi intención cuando llegué a Ítaca —contestó incorporándose para sentarse—. No podía contártelo por teléfono, así que vine, pero no te alegraste de verme —dijo abrazándose—. Entonces me dijiste que eras un príncipe y que tenías que casarte para dar un heredero al país, y que tu esposa tenía que ser aristócrata o natural de Sherdana.

—¿Así que pensabas irte sin decírmelo?

—No lo digas así. Tomaste la decisión de volver aquí y cumplir con tu deber. Tomé una decisión que te evitara sufrimiento.

—¿Y no ver nunca a mi hijo?

Brooke se llevó las manos a la cara y cerró los ojos. Después de unos segundos, habló.

—¿Crees que no lo había pensado? Pero sabía que tendrías más hijos, seguramente muchos más.

Cada palabra hacía trizas su corazón. La mujer a la que amaba iba a tener un hijo suyo y había estado a punto de no descubrir la verdad.

—Bueno, ahora ya no tiene sentido que vuelvas a casa.

—¿Cómo? No puedes tomar esa decisión por mí. Mi trabajo, mis amigos y mi familia están en California. Mi vida está allí, al igual que la tuya está en Sherdana, con tu familia y tu futura esposa.

No estaba dispuesto a permitir que desapareciera de su vida.

—Tu sitio está conmigo, al igual que el mío está contigo y con nuestro hijo.

—Tal vez si fueras el científico del que me enamoré, pero eres un príncipe con responsabilidades. Haz lo correcto y deja que me vaya. Es lo único que tiene sentido.

—Me niego a aceptarlo.

Nic se levantó y se quedo mirándola. Si bien un momento antes se la veía frágil y perdida, su firme determinación le daban el aire de una valquiria.

—Descansa. Ya hablaremos largo y tendido más tarde —concluyó.

Nic decidió tomarse un rato a solas para asimilar la noticia. Se dirigió a su suite en el ala familiar, intrigado por ver si estaba inundada como le había dicho Gabriel. Tal y como Ariana le había adelantado, no había ni rastro de agua.

Aquellas habitaciones en las que se había criado le resultaban extrañas. Los últimos diez años de su vida, viviendo primero en Boston y luego en California, le parecían mucho más reales que los veintidós que había pasado como príncipe de Sherdana. Siendo sincero consigo mismo, tenía que admitir que ya no se sentía obligado hacia su país. Aunque su fracaso en el desierto de Mojave suponía que California tampoco le resultaba ya un destino acogedor.

Nunca había tenido tantas dudas sobre su futuro. Daba igual la dirección que tomara, estaba destinado a dejar decepción y dolor a su paso. Si se quedaba en Sherdana y elegía como esposa a una de aquellas candidatas, tendría que renunciar a la mujer que amaba y abandonar a su hijo. Pero si elegía una vida con Brooke, ¿podría convencerla de que nunca se arrepentiría de haberle dado la espalda a su país? ¿Y qué haría en California sin el proyecto Griffin? ¿Enseñar en una universidad?

Después de una hora de reflexión sin llegar a una conclusión definitiva, Nic dejó su habitación y fue en busca de su madre. La encontró discutiendo con su padre, en su despacho.

–¿Y bien? –dijo su padre desde el gran escritorio de caoba que ocupaba–. ¿Está embarazada la doctora Davis? –preguntó mirándolo decepcionado.

–Sí, y el niño es mío –contestó dirigiéndose a su madre, que estaba sentada en una butaca.

La reina miró apesadumbrada a su marido mientras se servía una taza de té.

–Parece que ninguno de mis nietos va a ser legítimo.

–No voy a disculparme por lo que ha pasado y tampoco voy a eludir mi responsabilidad.

–¿Qué quiere decir eso? –preguntó su padre.

–Todavía no tengo todos los detalles resueltos.

–¿No estarás pensando en casarte con ella?

–Para eso tendríamos que estar los dos de acuerdo y, ahora mismo, Brooke está decidida a volver sola a California.

–Debes dejar que se vaya –intervino su madre–. Nos aseguraremos de que no les falte nada ni a ella ni al niño, pero no debe saberse. Tienes que casarte y engendrar un heredero que algún día suceda a Gabriel en el trono.

Nunca se había sentido tan agobiado por la presión del deber. Estaba deseando liberarse de la carga de responsabilidad que sus padres querían imponerle.

–¿Qué pasa con Christian? –preguntó Nic–. ¿Acaso no se espera que él haga lo mismo?

–Por supuesto –asintió el monarca–. Contamos con los dos.

Y con esas, Nic cayó en la cuenta de que había una decisión que habían tomado por él.

La vergüenza y el remordimiento impidieron a Brooke salir de su habitación durante el resto del día. Volvió a ponerse el pijama, echó las cortinas y se metió en la cama. Una doncella le llevó la comida, pero apenas la probó. Cuando Ariana asomó la cabeza por la puerta, fingió estar dormida.

A eso de las seis, apareció una doncella y se encontró a Brooke con un vestido largo de estampado tribal y sandalias. Se sentía mejor con su ropa. No encajaba en el mundo de Nic y fingir lo contrario era una tontería. Era mejor enfrentarse a la reina siendo ella misma, una mujer independiente y con ideas propias, que estaba decidida a hacer lo mejor para ella y para Nic.

–La princesa Olivia me ha pedido que le pregunte si se siente con fuerzas para cenar con ella en media hora.

–Dígale que sí.

Cuando Brooke entró en la suite privada de los príncipes Gabriel y Olivia media hora más tarde, no se sorprendió al descubrir que Olivia ya sabía todo lo que había pasado aquella mañana. Olivia le indicó que se sentara en el sofá dorado y así lo hizo Brooke, mientras la princesa servía una taza de té de menta.

La amabilidad de Olivia provocó que a Brooke se le llenaran los ojos de lágrimas.

–Buena la he liado.

La princesa se quedó pensativa.

–Como te imaginarás, tu embarazo ha creado un gran revuelo, pero no deberías sentirte responsable. Dudo que Nic o tú tuvierais esto planeado.

–¿Está muy enfadada la reina? Después de la forma en que la hablé…

–No he oído nada de eso. ¿Qué pasó?

–Es todo un poco confuso. Habló de manera despectiva sobre que Nic debía olvidarse del cohete y perdí el control –dijo rodeando la taza con sus manos para sentir su calor–. Empecé a despotricar acerca de lo mucho que había trabajado en el proyecto para justificar la ausencia de su país durante tanto tiempo –añadió sacudiendo la cabeza y sintiendo que el corazón se le encogía de vergüenza–. No es asunto mío. No debería haber dicho nada.

–Estabas defendiendo al hombre que amas. Creo que la reina lo entiende.

–Fui muy grosera.

–No seas tan dura contigo misma –dijo Olivia–. Con razón Nic y tú os lleváis tan bien. Los dos sois muy valientes.

–No me siento muy valiente en este momento. He hecho reserva en un vuelo que sale pasado mañana a las nueve de la mañana. Me vendría bien que alguien me llevara al aeropuerto.

–No puedes estar pensando en serio en irte.

–Es imposible que te parezca una buena idea que me quede. Cuanto más tiempo permanezca aquí, más fácil es que se sepa que estoy embarazada. Lo mejor es que desaparezca de Sherdana para que Nic pueda continuar con su vida.

–¿Qué te hace pensar que va a dejar que te marches? Gabriel se enfrentó al mismo dilema, y decidió luchar por mí. Nic también está enamorado.

–Creo que Gabriel es más romántico que Nic y se dejó guiar por su corazón. Nic afronta los asuntos con la razón, valorando los pros y los contras, y asignándoles un valor en importancia. En eso se parece a su madre.

Los bonitos ojos azules de Olivia se nublaron.

–Lo conoces muy bien, así que tengo que admitir que tienes razón, pero por su bien, espero que estés equivocada.

Capítulo Once

Olivia y Ariana insistieron tanto que lograron convencer a Brooke para que asistiera a la fiesta de cumpleaños del primer ministro.

Al entrar en la fiesta siguiendo al príncipe heredero y la princesa, con Ariana a su lado, Brooke experimentó una agradable sensación que hizo que se alegrara de haber ido.

El vestido que Ariana le había conseguido era de corte imperio y falda vaporosa. A cada paso, el tejido dejaba entrever unos originales zapatos de Manolo Blahnik con tiras y borlas. El corpiño tenía cuentas de bronce y en el estampado predominaban los naranjas, dorados y rosas, en un estilo muy de su gusto bohemio.

Después de saludar y felicitar el cumpleaños al primer ministro, Brooke se relajó y se dedicó a estudiar a los invitados. Con Ariana a su lado, nadie parecía especialmente interesado en ella. Tampoco la ignoraban. Cada persona a la que le presentaban se mostraba cordial con ella, pero nadie parecía sentir curiosidad por una desconocida.

De Nic no supo nada. La fiesta estaba llena de dignatarios y Brooke decidió no pasarse la noche entera preguntándose cuáles de las mujeres eran candidatas a casarse con Nic.

–¿Ves como te dije que era aburrida? –le susurró Ariana–. Hemos hecho acto de presencia. En cuanto quieras irte, dímelo. Un amigo mío inaugura esta noche una discoteca y le gustaría que fuera.

–Claro, podemos irnos cuando quieras, pero no me parece tan aburrido como habías dicho.

–Lo siento, se me olvidaba que todo esto es nuevo para ti.

–Supongo que tienes razón. ¿Quiénes son la mujer del vestido negro y la que está allí de azul?

Ambas iban del brazo de maduros caballeros, y Brooke había advertido un intercambio de miradas entre ellas.

–Aquella es la condesa Venuto –dijo refiriéndose a la mujer vestida de azul–, y la otra es Renanta Arazzi, esposa del ministro de Comercio. Sus maridos se odian.

–Ellas no comparten el antagonismo de sus maridos.

–¿A qué te refieres?

–Creo que tienen una aventura –contestó Brooke sonriendo–. O están a punto de tenerla.

Ariana ahogó una exclamación, sin poder disimular su asombro.

–¿Cómo lo sabes?

Brooke se pasó la siguiente hora explicándole sus razones, sorprendiendo a la princesa con sus observaciones y suposiciones.

–Tienes una gran habilidad para interpretar a las personas –comentó Ariana–. Gabriel debería contratarte para que le acompañes a las reuniones y le adviertas de las intenciones de la gente.

Brooke rio.

—Me formé como analista. Da igual que sea arte, literatura o personas, me gusta indagar hasta que encuentro sentido a las cosas. Pero no me preguntes de números o tecnología, se me dan muy mal.

—Por eso hacéis tan buena pareja mi hermano y tú. Os complementáis a la perfección.

Al oír mencionar a Nic, su buen humor se esfumó.

—Si él no fuera un príncipe y yo una chica normal de California... Por cierto, todavía no te he dicho que me voy mañana por la mañana.

—No puedes irte. Al menos, quédate hasta la boda.

La idea de retrasar una semana más lo inevitable, hizo que Brooke se estremeciera. Además, todavía no había tenido la oportunidad de disculparse con la reina y no le parecía bien abusar de la hospitalidad de los reyes.

—No puedo quedarme. Fue un error venir aquí.

—Si no lo hubieras hecho, no te habría conocido, y eso habría sido una tragedia.

—Siento lo mismo por ti. Me habría gustado que las cosas hubieran salido de otra manera —dijo recordando el incidente con la reina y la manera en que Nic se había enterado de que estaba embarazada.

No había hablado con él desde el día anterior. Esa noche había cenado con Olivia y había desayunado y comido en su habitación. Ariana había ido a verla a mediodía para llevarle el vestido que llevaba y recordarle la fiesta.

De repente, los invitados se apartaron y apareció

Nic, con un aspecto imponente mientras avanzaba por el salón. Brooke se quedó mirándolo embobada. Todavía no se había acostumbrado al aura de poder que había asumido desde que volvió a su país.

Entonces la vio y el brillo posesivo de sus ojos derritió la frialdad de sus facciones. Brooke sintió como si el corazón le explotara en el pecho. Se apartó de Ariana con una rápida disculpa y se abrió paso entre los invitados en dirección a Nic, sin pararse a pensar en qué iba a decirle. Cuando estaba a metro y medio de él, se interpuso una mujer morena con una falda muy corta.

—Nicolas Alessandro, me habían dicho que habías vuelto a casa.

La voz engolada de la mujer hizo que Brooke se detuviera en seco. ¿En qué estaba pensando? Nic y ella no podían comportarse como amigos, ni siquiera como conocidos, en público. Todos los ojos estaban puestos en el príncipe.

Brooke disfrutó de cinco minutos de soledad en la terraza, antes de que Olivia se uniera a ella.

—¿Estás bien? —preguntó la princesa.

—Casi cometo un error ahí dentro. En cuanto he visto a Nic, he corrido hacia él entre los invitados. Si alguien no me hubiera detenido, no sé qué habría pasado —dijo aferrándose a la barandilla por si las rodillas le fallaban—. Soy una idiota.

—En absoluto. Estás enamorada y el amor nos hace comportarnos de manera extraña.

—Me alegro de haber tenido la oportunidad de conocerte a ti y a Ariana. Nic tiene mucha suerte de teneros.

–También habría tenido la suerte de tenerte si no hubieras tenido tanta prisa por irte.

–Sé que lo dices con buena intención, pero es mejor para Nic que me vaya.

–Pero ¿y si lo mejor para él es que te quedes? Ha estado desde ayer por la mañana encerrado en la biblioteca. Su mente está a kilómetros de cualquiera que pretenda mantener una conversación con él. Llamó a Christian y se le oyó por todo el palacio gritarle que debía volver a casa.

Aquello no era propio del Nic que conocía, pues había pasado por mucho en el último mes.

–Es culpa mía –afirmó Brooke–. Ayer le dije que iba a volver a California sin consultarle.

–Deberías hablar con él. Quiere hacer lo correcto para todos y eso lo está destrozando.

También había destrozado a Brooke hasta que había decidido que Nic estaría mejor sin saber que estaba embarazada.

–Pero me voy mañana. Tendrá que ser esta noche –dijo Brooke, y se quedó pensativa–. Un amigo de Ariana inaugura una discoteca esta noche y quiere ir. Le pediré que me deje en el palacio. Avisa por favor a Nic de que lo estaré esperando en la biblioteca a medianoche.

No quería que se fuera pronto de la fiesta. Su madre querría que pasara la noche relacionándose con las mujeres asistentes. Se volvió para irse, pero Olivia la detuvo.

–Si pudieras casarte con Nic, ¿lo harías?

La princesa hizo la pregunta con tanta franqueza, que no le quedó más remedio que responder.

—Lo amo con todo mi corazón y por eso me resulta muy duro dejarlo marchar para que sea el príncipe que su familia necesita que sea.

Olivia la abrazó.

—Si te pide que te quedes, por favor, dile que sí.

Brooke se limitó a sonreír. Luego echó los hombros hacia atrás y se marchó a buscar a Ariana.

Atrapado en una aburrida conversación con una de las exnovias de Christian, Alexia Le Mans, Nic vio a Brooke salir a la terraza y a punto estuvo de seguirla cuando vio que Olivia se le adelantaba. Había asistido a la fiesta con la esperanza de ver a Brooke y conversar con ella acerca del hijo que esperaba. Aunque no pudiera casarse con ella, no estaba dispuesto a que el niño no formara parte de su vida.

Diez minutos después de que Brooke saliera del salón, volvió, pero enseguida la perdió de vista entre la multitud. Trató de seguirla, pero lo detuvieron tres veces antes de poder dirigirse en la dirección que había tomado.

—Nic.

Se volvió al oír la voz de Olivia y vio a Gabriel acercarse.

—No puedo hablar ahora. Estoy buscando a Brooke.

Olivia intercambió una mirada con su marido.

—Ariana se iba a la inauguración de una discoteca y se ha ofrecido para llevar a Brooke de vuelta al palacio. Pero antes de marcharse, me ha pedido que te diera un mensaje. Estará esperándote en la biblioteca a medianoche.

–Gracias –dijo sin ninguna intención de esperar hasta tan tarde para hablar con Brooke–. Y gracias por todo lo que has hecho por ella.

–No tienes por qué hacerlo. Es encantadora.

–Sí –intervino Gabriel–. Es una lástima que no vaya a quedarse. Creo que hubiera sido una gran princesa.

Nic se despidió y bajó la escalera para pedir su coche y seguir a Brooke hasta el palacio.

Llamó a su puerta.

–Nic, ¿qué estás haciendo aquí?

–Querías hablar –respondió entrando en la habitación y cerrando la puerta a sus espaldas–. Pues hablemos –añadió soltándose la pajarita y los primeros botones de la camisa.

El cuerpo de Brooke reaccionó, excitándose al ver a Nic entrar en su habitación. Al verlo quitarse la chaqueta del esmoquin y los gemelos de oro de la camisa, fue incapaz de protestar.

–¿No te dijo Olivia que nos veríamos en la biblioteca a medianoche?

–Pensé que era una simple sugerencia.

Se sacó la camisa de los pantalones y siguió desabrochándose los botones.

–Prefiero que hablemos aquí –añadió.

Recordó las palabras de Olivia y deseó que le pidiera que se quedara en Sherdana. Pero no lo haría.

Nic acortó la distancia que los separaba y la tomó en sus brazos. Luego, sus labios rozaron su sien y Brooke sintió que sus sentidos se ponían en alerta.

–Quédate en Sherdana un poco más.

No le estaba pidiendo que se quedara para siempre, pero cada segundo con él era un tesoro.

–Mi sitio no está aquí.

–El mío tampoco –susurró un instante antes de que sus labios encontraran los suyos.

Con un gemido, Brooke hundió los dedos en su espeso cabello negro mientras él le devoraba la boca. Se dejó llevar por el deseo, liberando todas las emociones contenidas.

Los dos jadeaban cuando Nic separó los labios de los suyos y la miró a los ojos. Sintiendo el retumbar de sus latidos en los oídos, Brooke apenas podía oír sus palabras.

–Estamos hechos el uno para el otro.

–En otra vida, renunciaría a todo por estar contigo –susurró ella mientras él la estrechaba contra sus músculos de granito–. Pero no aquí ni ahora.

–Sí, aquí y ahora –gruñó él–. No podemos tener mañana ni los días que vengan después. No nos niegues esta última noche de felicidad.

Brooke se rindió al deseo y a la exigencia de su abrazo. Mañana llegaría pronto y quería estar con él todo el tiempo posible.

–Te quiero –dijo con la cara apoyada en su pecho desnudo.

Él la estrechó con sus brazos, evitando que pudiera decir nada más. Por unos segundos, su abrazo le impidió respirar.

–Eres la única mujer a la que he amado.

Brooke se puso de puntillas y unió sus labios a los suyos. Nic abrió inmediatamente la boca y le devolvió el beso con la misma exigencia y desesperación que ella mostraba. Luego, buscó la cremallera del vestido y se la bajó, mientras dibujaba una línea de fuego en su piel. Nunca se había sentido tan adorada mientras descubría su cuerpo, tratándola como si fuera un regalo muy preciado. Cuando dejó caer el vestido al suelo, ella temblaba.

Le quitó las prendas que le quedaban y la apartó para mirarla. Le excitaba observarla y sus pupilas se dilataron. Brooke sintió que la sangre le ardía en las venas y se chupó los labios. Le temblaban las piernas. No podría soportarlo mucho tiempo más sin acabar desplomándose a sus pies.

Sin previo aviso, la tomó en sus brazos y la llevó a la cama. Al dejarla sobre el colchón, Brooke separó las piernas y Nic se quitó rápidamente la ropa y se colocó sobre ella. Por lo impresionante de su erección, esperaba que la penetrara, pero en vez de eso, se deleitó acariciando su cuerpo con los labios y las manos, llevándola a un nivel insoportable de deseo.

Estaba más que preparada para recibirlo y hundió los dedos en su pelo.

–Estoy deseando sentirte dentro.

–¿Me lo pides o me lo ordenas? –preguntó mordisqueándole el cuello.

–Te lo estoy rogando –contestó.

Deslizó su mano hacia abajo y se aferró con fuerza a su miembro erecto, provocando que un gemido escapara de sus labios.

–Por favor, Nic.

La tomó de las caderas y, de una embestida, respondió a su súplica. Ella arqueó la espalda y se acomodó a él. Antes de que se acostumbrara a la sensación de sentirse llena, Nic rodó, sentándola a horcajadas sobre él.

Aquella nueva posición le provocó una nueva oleada de sensaciones y dejó libres sus manos para poder recorrerle el torso a su antojo. Brooke tomó el control y empezó a moverse. Nic tomó sus pechos en las manos y acarició sus pezones erectos aumentando el placer.

Su orgasmo fue rápido e intenso. Si hubiera podido alargar el momento para siempre, habría conocido la felicidad absoluta, pero aquel intenso éxtasis no estaba destinado a durar. Nic hundió el rostro en el hueco entre su cuello y su hombro, mientras Brooke se perdía en el sincronizado ritmo de sus latidos. En aquel instante, supo que su corazón siempre pertenecería a Nic.

La mañana trajo lluvia y el sonido lejano de los truenos. Nic se despertó con el dulce olor del cuerpo desnudo de Brooke acurrucado junto al suyo y contuvo la respiración para no romper la magia del momento. La noche anterior había sido increíble. También había sido un adiós que había saboreado en la desesperación de sus besos.

–¿Qué hora es? –preguntó ella.

–Son casi las siete.

–Vaya –dijo saltando de la cama–. Tengo que

irme —añadió mientras empezaba a recoger su ropa.

Nic se incorporó sentándose, admirando los movimientos ágiles de su cuerpo mientras se vestía.

—¿Adónde vas?

—A casa. Mi vuelo sale en dos horas.

La sorpresa lo dejó inmóvil y casi había llegado a la puerta cuando la alcanzó. Si no hubiera ido a su habitación y no hubiera pasado la noche con ella, ¿habría sabido que se marchaba?

—¿Y si te pido que te quedes?

—¿No me estarás dando órdenes? —preguntó ella con una sonrisa pícara a la vez que triste.

Nic curvó los labios.

—No eres de Sherdana, no tengo manera de obligarte.

—Y meterme en la mazmorra provocaría un conflicto internacional que no creo que a tu madre le agradara.

—¿Por eso huyes, porque crees que a mi familia o a mí nos preocupa la publicidad negativa?

—No estoy huyendo —replicó poniéndose rígida—. Vuelvo a California porque allí es donde vivo. Además, cuanto más me quede más riesgo tengo de aparecer en los tabloides, lo que no te vendrá nada bien para tu matrimonio.

—No, supongo que no. Pero aun así, no quiero que te vayas.

—Debo hacerlo.

—Me estás rompiendo el corazón.

Tomó su mano y se la llevó a los labios, antes de colocársela sobre el pecho desnudo.

–¿Te estoy rompiendo el corazón? –preguntó, y trató de liberar su mano, pero él se lo impidió–. ¿Tienes idea de lo injusto que estás siendo en este momento?

Lo sabía, pero le daba igual. Nic siguió sujetándola hasta que dejó de oponer resistencia. Y entonces, la besó lenta y apasionadamente consciente de que aquella sería la despedida final. Cuando se separó, ambos respiraban jadeando.

–Tenías razón –dijo Brooke.

–¿Sobre qué?

Nic le acarició la mejilla, y fue dándole suaves y sugerentes besos hasta que le mordisqueó el lóbulo de la oreja, haciéndola estremecerse.

–Sobre empezar algo que no tiene futuro.

–No quería que tuviéramos nada que lamentar.

–Yo no lo lamento.

–Pero seguro que piensas que si no hubiera habido nada entre nosotros, sería más fácil separarnos –dijo estrechándola entre sus brazos–. Y puede que tengas razón. Durante el resto de mi vida, recordaré cada segundo que hemos pasado juntos. No creo que sea capaz de sacarte de mi cabeza.

Tenía que ser fuerte y dejar que se marchara. La idea de que el niño los mantuviera en contacto para siempre le daba el coraje para dejarla ir.

–Te quiero –dijo Brooke, y lo besó una última vez–. Ahora, deja que me vaya.

Capítulo Doce

—¿Has dejado que se fuera? ¿Qué demonios te pasa?

Gabriel Alessandro, el príncipe heredero de Sherdana, estaba furioso.

Sentada tras el escritorio, Olivia observaba triste y resignada a su marido dar vueltas por el salón de su suite.

—¿Por qué me estás regañando? —preguntó Nic, señalando a la princesa—. Fue ella la que le facilitó un coche para que la llevara al aeropuerto.

Era casi la hora de comer y hacía dos horas que el vuelo de Brooke había despegado.

—No es culpa de mi esposa que se haya ido. Deberías haberlo evitado antes de que se metiera en el coche —dijo Gabriel, pasándose la mano por el pelo en un gesto de frustración—. ¿Te das cuenta de lo que has hecho?

—He hecho lo que debía por mi país.

Había dejado que Brooke se fuera porque Gabriel no había actuado conforme al interés del país al casarse con Olivia.

—¡Por primera vez en tu vida! —exclamó levantando la voz—. ¿Cómo demonios crees que me he sentido cargando con toda la responsabilidad durante estos años? Tal vez habría disfrutado más siendo un playboy inconsciente o siguiendo un sueño imposible, como el de construir cohetes.

–Ya está bien –intervino Olivia–. Lanzar acusaciones no va a resolver ningún problema.

Gabriel fue el primero en recular. Se volvió hacia su esposa y el amor que vio en su mirada le hizo sentir dolor.

–Tiene razón –dijo volviéndose hacia su hermano–. Sé que has estado haciendo cosas increíbles en California y me gustaría que siguieras allí haciéndolas. Lo cierto es que no envidio el tiempo que has pasado siguiendo tu sueño.

Nic estaba viendo un lado diferente de su hermano. Nunca antes había visto a Gabriel hablando con tanta elocuencia. El príncipe heredero podía hablar apasionadamente sobre asuntos relacionados con el país y tenía una gran reputación como diplomático, pero siempre había sido muy reservado para cualquier tema de naturaleza personal.

–He perdido los nervios –dijo Nic, decidido a sincerarse con su hermano–. Desde el accidente, ni siquiera me atrevo a pensar qué fue mal con el Griffin. Dediqué cinco años de mi vida a diseñar un sistema de combustión que provocó que el cohete explotara. Maté a una persona y eso es algo que no puedo cambiar. Esa es una de las razones por las que he dejado que Brooke se fuera. Su vida está en California y ya no hay sitio para mí allí. Mi sitio está aquí, donde puedo hacer algo por cambiar las cosas.

Olivia le puso una mano en el brazo.

–Oh, Nic, siento que hayas sufrido tanto. Lo que pasó con el cohete y la muerte de ese hombre son una terrible desgracia, pero no puedes permitir que eso se interponga en tu relación con Brooke.

—Tu sitio no está aquí —dijo Gabriel, tomándolo del otro brazo.

—Claro que sí. El país necesita un heredero al trono —afirmó y, al ver que Olivia y Gabriel intercambiaban una mirada, añadió—: ¿Qué está pasando?

—No podemos dar detalles —respondió Olivia mirando a Nic.

—¿Sobre qué?

Era evidente que le estaban ocultando algo y no le agradaba que lo dejaran al margen.

—¿Qué me dices si como futuro rey de tu país te ordeno que vuelvas a California, retomes tu trabajo de investigación y te cases con la madre de tu hijo?

Nic se quedó pensativo. Se había hecho a la idea de sacrificar su felicidad por el bien de su país y, aunque se había quedado destrozado con la marcha de Brooke, sabía que era lo mejor para Sherdana y su familia.

Sin embargo, su hermano le estaba ofreciendo una vía de escape. O más bien, que renunciara a sus deberes y volviera a California en pos de sus sueños. Los muros que había levantado para resguardarse empezaban a resquebrajarse. Podía tener permiso para casarse con Brooke y criar a su hijo juntos, y la posibilidad de completar su sueño de viajar al espacio. Y todo, servido en una bandeja de plata por su hermano. Era demasiado.

Pero al reparar en la seguridad que irradiaba Gabriel y en la sonrisa que ocultaban los ojos de Olivia, tuvo la sensación de que fuera lo que fuese que estaba pasando, aquellos dos parecían tener bajo control el futuro del país.

—Naturalmente, haré lo que mi príncipe me ordene —dijo, haciendo una inclinación con la cabeza.

De camino al aeropuerto espacial de Mojave para visitar a su hermano, Brooke se desvió para pasar por la casa que Nic había tenido alquilada durante los últimos tres años. La casa parecía tan desierta como siempre. Nic no había pasado mucho tiempo allí. Muchas veces, se quedaba a dormir en el sofá de su despacho porque le resultaba más práctico.

Aun así, cuando le había logrado convencer para que se tomara un descanso, habían disfrutado de barbacoas en el patio trasero, observando las estrellas y hablando de lo que él y Nic esperaban conseguir algún día.

Brooke pisó el acelerador y su Prius tomó velocidad. Aquellos días habían quedado atrás, pero al menos le quedaban los recuerdos.

Después de diez minutos conduciendo, llegó al hangar donde Glen y su equipo trabajaban en un nuevo cohete. Brooke no había estado allí desde el día en que Nic había roto con ella. Por lo que Glen le había contado, la explosión del primer Griffin no había afectado a la entrada de ingresos, sino más bien todo lo contrario. Varios nuevos inversores se habían interesado en financiar el proyecto.

Brooke pasó varios minutos caminando alrededor de la plataforma sobre la que estaba el esqueleto del segundo Griffin. No estaba acostumbrada a aquella inactividad y se preguntó si habría leído mal el mensaje de texto de su hermano en el que le pedía encontrarse con él en el aeropuerto en vez de en su casa.

Al volver a las instalaciones donde estaban los talleres y los laboratorios, Brooke escuchó música y se imaginó que su hermano se habría entretenido con algo y habría perdido la noción del tiempo. Pero la música no provenía del despacho de Glen, sino del que había sido de Nic.

Se detuvo en seco, compungida. Alguien había sido contratado para sustituir a Nic en el equipo y le habían asignado su despacho. Era lógico. ¿Cómo iban a seguir avanzando en el desarrollo del cohete sin alguien que se hiciera cargo de desarrollar el sistema de combustión? Exceptuando a su hermano, nadie del equipo igualaba la inteligencia de Nic ni comprendía las complejidades de su diseño. Debían de haber incluido a alguien nuevo.

Brooke se cuadró de hombros y continuó avanzando por el pasillo. Lo mejor sería ir a conocer al sustituto de Nic y empezar a aceptar los cambios.

—Hola —dijo levantando la voz para hacerse oír por encima de la música, y empujó la puerta—. Soy Brooke Davis, la hermana de…

Su voz se quebró cuando vio a aquel hombre alto con vaqueros y camiseta negra darse la vuelta para saludarla.

—Glen —concluyó Nic por ella—. Me avisó de que vendrías por aquí.

Brooke sintió un nudo en la garganta.

–¿Qué estás haciendo aquí?

–Trabajo aquí.

Su sonrisa le cortó la respiración.

–No lo entiendo –dijo recostándose en el marco de la puerta–. Te dejé en Sherdana. Ibas a casarte y a engendrar al futuro heredero de los Alessandro.

Su imponente presencia hacía imposible pensar que estuviera alucinando.

–Resulta que no era el adecuado para esa tarea –dijo sacudiendo la cabeza.

–¿Cómo es eso?¿No serás impotente o algo así?

Él rio y la tomó de la muñeca, acorralándola entre la pared y su cuerpo.

–No, ese no era el problema.

–¿Entonces?

Brooke lo rodeó por el cuello y arqueó la espalda hasta que sus cuerpos se acoplaron.

–Nadie me quería.

–No puedo creerlo.

–Es cierto. Se corrió la voz de que una atractiva pelirroja me había robado el corazón y que me había dejado destrozado.

Inclinó la cabeza y la besó en el cuello.

–¿Así que has vuelto para recuperarlo?

–No, he vuelto para firmar papeles y que todo sea legal.

Temiendo no estar entendiéndolo bien, Brooke permaneció callada. Había dejado Sherdana y había recuperado su puesto en el equipo. Por la manera en que sus labios estaban explorando su cuello, estaba segura de que su intención era retomar su relación física.

–¿Brooke? –dijo tomando su rostro entre las manos y mirándola a los ojos–. Te has quedado muy callada.

–No sé qué decir.

–Podías empezar por decir que sí.

–No has hecho ninguna pregunta.

–Tienes razón –afirmó y, apoyando una rodilla en el suelo, sacó un anillo del bolsillo–. Brooke Davis, amor de mi vida y madre de mi hijo, ¿quieres casarte conmigo?

Brooke puso los brazos en jarras y sacudió la cabeza.

–Si esto lo haces por el bebé, te aseguro que no espero que tú…

–Por el amor de Dios –se oyó desde el pasillo–, dile que sí.

–Sí –susurró, y besó a Nic en los labios.

La rodeó con sus brazos, la levantó en el aire y dieron varias vueltas. Ella rio dichosa y lo abrazó. Cuando la dejó en el suelo, Glen le dio una palmada en la espalda a Nic y lo felicitó, antes de dejarlos a solas. Nic le puso a Brooke un enorme anillo de diamantes en su mano izquierda.

–Gabriel estuvo a punto de matarme cuando se enteró de que te habías ido –le explicó.

Se sentó en el sofá y la acomodó sobre su regazo. Ella apoyó la cabeza en su hombro, saboreando la felicidad del momento.

–¿Ah, sí?

–Al parecer, estaba decidido a hacer de casamentero y se enfadó al comprobar que yo no cumplí con mi parte.

–¿Casamentero?

–Fue idea suya que ocupáramos habitaciones contiguas en el ala de invitados del palacio y el que le pidió a Olivia y a Ariana que te convencieran para que no renunciaras a nosotros.

–Lo hicieron bastante bien. De hecho, estuve a punto de irme sin verte una última vez, pero me convencieron de que debía despedirme. Y nos despedimos. Me fui y no me detuviste. Estabas decidido a cumplir con tu país y casarte. ¿Qué ha cambiado?

–Dos cosas. La primera, estuve pensando mucho en lo que me hacía feliz, pasar el resto de mi vida contigo y con mi trabajo. Pero no podía casarme contigo sin lamentar dejar a un lado a mi familia cuando más me necesitaban. Tampoco me veía volviendo al proyecto Griffin después de que mi diseño le causara la muerte a un hombre.

–Aun así, aquí estás –observó Brooke.

–No podía aceptar una vida lejos de ti.

–¿Y qué pasa con Sherdana y con engendrar un heredero?

–Gabriel me liberó de esa responsabilidad. Antes de marcharme, me explicó cómo había estado a punto de perder a Olivia, y no quería que pasara por lo mismo.

–¿Y qué pasa con el heredero al trono?

–Supongo que ahora eso le corresponde a Christian.

–¿Y no te sientes mal de que tenga que llevar esa carga sobre sus hombros?

–Si tuviera que elegir entre la mujer de sus sueños y su deber con Sherdana, me sentiría mal –contestó Nic, apartándole un mechón de pelo y besándola por el cuello–. Pero nunca ha salido con una mujer el tiempo suficiente como para enamorarse y es hora de que lo haga. Solo espero que esa mujer le haga la mitad de feliz de lo que yo soy contigo.

Con el corazón henchido de felicidad, Brooke rodeó con sus brazos el cuello de Nic y apoyó su frente en la suya. Por primera vez entendía la intensidad del amor de Nic por ella. Aunque había hecho parecer sencilla su decisión de abandonar Sherdana, estaba convencida de que, a pesar de que Gabriel lo hubiera excusado de sus deberes, el rey y la reina no habían apoyado ninguna de las decisiones de sus hijos.

–Todavía no he empezado a hacerte feliz –dijo estrechándolo contra ella.

–¿No me digas?

–Sí te digo.

Y procedió a demostrarle cómo tenía pensado hacerlo.

No te pierdas, *Escándalo real,*
de Cat Schield,
el próximo libro de la serie
Príncipes herederos.
Aquí tienes un adelanto…

El príncipe Christian Alessandro, tercero en la línea de sucesión al trono de Sherdana, situado entre el rey actual y el futuro, dirigió una mirada fulminante a la cámara. Era consciente de que estaba echando a perder las fotos de la fantástica boda de Nic y Brooke, pero le daba igual. La esperanza que albergaba de seguir siendo un despreocupado playboy durante el resto de su vida se había desvanecido en cuanto su hermano había mirado a los ojos a su novia y le había prometido amarla y respetarla hasta el día de su muerte.

Christian gruñó.

—Sonrían —dijo el fotógrafo, dirigiendo una mirada nerviosa hacia Christian—. Esta es la última foto de la familia. A ver si es la mejor.

A pesar de su mal humor, Christian trató de relajar su expresión. Era incapaz de sonreír, pero al menos su hermano tendría una foto decente. A pesar de que aquel matrimonio iba a alterar su vida para siempre, estaba decidido a hacer un esfuerzo y mostrarse feliz por Nic y Brooke. De momento, se pondría una máscara.

—Vayamos allí.

El fotógrafo señaló un pequeño puente de piedra que salvaba un riachuelo.

Más allá, el camino serpenteaba hacia los establos. Christian prefería la potencia de un coche a la de un caballo, pero estaba dispuesto a llevar a sus sobrinas a ver a los ponis solo para alejarse. No era la primera vez que Bethany y Karina llevaban las arras en una boda. Aquella era la segunda boda real a la que asistían en cuatro meses y, a sus dos años de edad, ya no paraban quietas para la sesión de fotos. Christian lo entendía perfectamente.

Desde el accidente que había sufrido cinco años atrás, siempre que podía evitaba las cámaras. Las cicatrices de las quemaduras que tenía en el hombro, cuello y mejilla de su lado derecho lo habían convertido en el trillizo menos atractivo. Pero tampoco le preocupaba su aspecto. Su título, su dinero y su fama de conquistador lo hacían irresistible para las mujeres.

Al menos, para la mayoría de las mujeres.

Paseó la mirada por la multitud de asistentes. El personal del palacio estaba atento a todos los detalles de la boda, mientras la sesión de fotos continuaba. Atenta a todos los movimientos de la novia estaba una mujer menuda, morena y de ojos marrones. La diseñadora de renombre internacional Noelle Dubone había diseñado el vestido de Brooke, así como en su día el de la cuñada de Christian, la princesa Olivia Alessandro.

Nacida en Sherdana, Noelle se había ido a vivir a París a los veintidós años para hacer realidad su sueño de convertirse en diseñadora de moda. Le había ido bastante bien hasta que tres años atrás había diseñado el vestido de boda de la esposa del príncipe italiano Paolo Gizzi.

Bianca

**Había algo que deseaba
aún más que la venganza…
volver a tenerla en su cama para siempre**

DESPERTAR EN TUS BRAZOS

MICHELLE SMART

El único deseo que sentía el billonario Stefano Moretti por su esposa, Anna, era el de venganza. Ella lo había humillado abandonándolo, de manera que, cuando Anna reapareció en su vida sin ningún recuerdo de su tempestuoso matrimonio, Stefano llegó a la conclusión de que el destino lo había recompensado con una mano de cartas ganadoras.

El plan de Stefano tenía dos etapas: una seducción privada que volvería a atraer a Anna a su tórrida relación, seguida de una humillación pública que igualara o incluso superara la que le había hecho padecer a él.

Acepte 2 de nuestras mejores novelas de amor GRATIS

¡Y reciba un regalo sorpresa!

Oferta especial de tiempo limitado

Rellene el cupón y envíelo a
Harlequin Reader Service®
3010 Walden Ave.
P.O. Box 1867
Buffalo, N.Y. 14240-1867

¡Sí! Por favor, envíenme 2 novelas de amor de Harlequin (1 Bianca® y 1 Deseo®) gratis, más el regalo sorpresa. Luego remítanme 4 novelas nuevas todos los meses, las cuales recibiré mucho antes de que aparezcan en librerías, y factúrenme al bajo precio de $3,24 cada una, más $0,25 por envío e impuesto de ventas, si corresponde*. Este es el precio total, y es un ahorro de casi el 20% sobre el precio de portada. !Una oferta excelente! Entiendo que el hecho de aceptar estos libros y el regalo no me obliga en forma alguna a la compra de libros adicionales. Y también que puedo devolver cualquier envío y cancelar en cualquier momento. Aún si decido no comprar ningún otro libro de Harlequin, los 2 libros gratis y el regalo sorpresa son míos para siempre.

416 LBN DU7N

Nombre y apellido	(Por favor, letra de molde)

Dirección	Apartamento No.

Ciudad	Estado	Zona postal

Esta oferta se limita a un pedido por hogar y no está disponible para los subscriptores actuales de Deseo® y Bianca®.
*Los términos y precios quedan sujetos a cambios sin aviso previo.
Impuestos de ventas aplican en N.Y.

SPN-03   ©2003 Harlequin Enterprises Limited

Bianca

¡Estaba prisionera en el paraíso!

COMPROMETIDA Y CAUTIVA

CATHY WILLIAMS

Una de las empleadas de Lucas Cipriani poseía información que podría arruinar una adquisición empresarial vital… ¡Y estaba furioso! El único modo de manejar a la tentadora Katy Brennan era retenerla como prisionera en su yate durante quince días, apartada del mundo hasta que se cerrara el trato…

Katy estaba enfurecida con la actitud despótica de su multimillonario jefe… pero, a su pesar, también se sentía intrigada por el guapísimo ejecutivo. Una vez a solas con él y a su merced, Lucas empezó a permitir que Katy viera más allá de su férreo exterior. Pronto se vio sorprendentemente dispuesta a vivir una aventura prohibida… ¡y renunciar a su inocencia!

¡YA EN TU PUNTO DE VENTA!

*¿Sería la noticia de su embarazo un acorde
equivocado o música para sus oídos?*

CANCIÓN PARA DOS
CAT SCHIELD

Mia Navarro, una joven dulce y callada, se había pasado la vida
a la sombra de su hermana gemela, la princesa del pop, pero
una aventura breve y secreta con Nate Tucker, famoso cantante
y productor musical, lo cambió todo: Mia se quedó embarazada.
Sin embargo, ella no lograba decidir si debía seguir cuidando de
la tirana de su hermana o lanzarse a la vida que llevaba anhe-
lando tanto tiempo. Y cuando por fin se decidió a anteponer sus
necesidades, hubo de enfrentarse a algo aún más complicado.